JENIFER

Tem 16 anos. Bonita e sensual, teve que enfrentar assédio sexual desde menina. Por ser curiosa, experimentou os sabores diversos do erotismo. Assim, forjou uma personalidade forte e, ao mesmo tempo, generosa. Na hora certa, fez suas escolhas.

STEPHANIE

Tem 17 anos e despertou cedo a consciência do magnetismo que seu corpo exercia. Assim, tornou-se a mais pragmática das três, aceitando logo que sexo é para ser convertido em independência e poder. Acaba se tornando o alter ego de Jenifer.

PAULINHA

É a mais imatura e, aos 16 anos, vive as consequências da sua fragilidade e insegurança. Quando se crê no controle de algumas situações, na verdade, está mergulhando no desconhecido. Jenifer lhe estende a mão, e escapa por pouco de afundar junto.

MARCOS

Tem 18 anos. É o menino que se crê irresistível, mas sucumbe ao amadurecimento das meninas. Em dado momento, deixa de ser a referência do que elas, cada uma do seu jeito, interpreta como sendo, para o bem ou para o mal, um homem de verdade.

A MÃE DE JENIFER

Solitária e carente, amarga, aos 45 anos, a ausência constante do marido. A convivência com Jenifer vai se tornando cada vez mais difícil. Seus dramas pessoais não a deixam perceber que a filha precisa dela. Um desencontro que leva a uma triste ruptura.

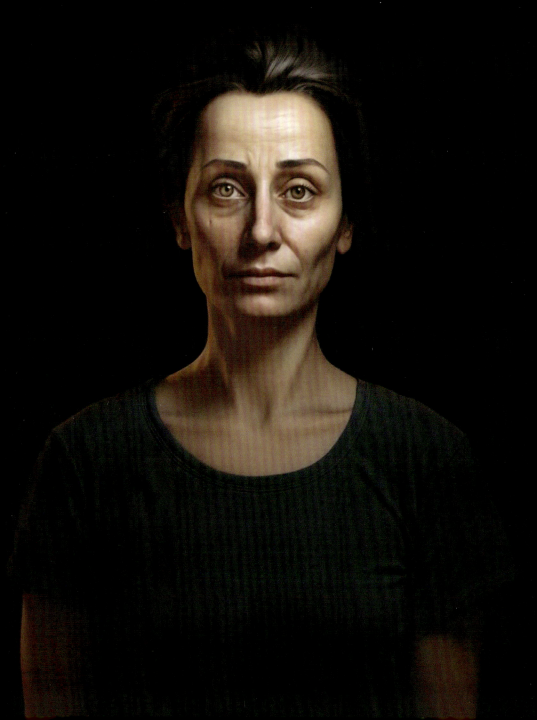

O PAI DE PAULINHA

Tem 50 anos, executivo, é um canalha. Refinado e cínico, abusador da vulnerabilidade de certas meninas.

REI

Tem 50 anos, é outro canalha. Atrevido, sádico, violento e com traços de psicopata. Quem cai em suas mãos não termina bem.

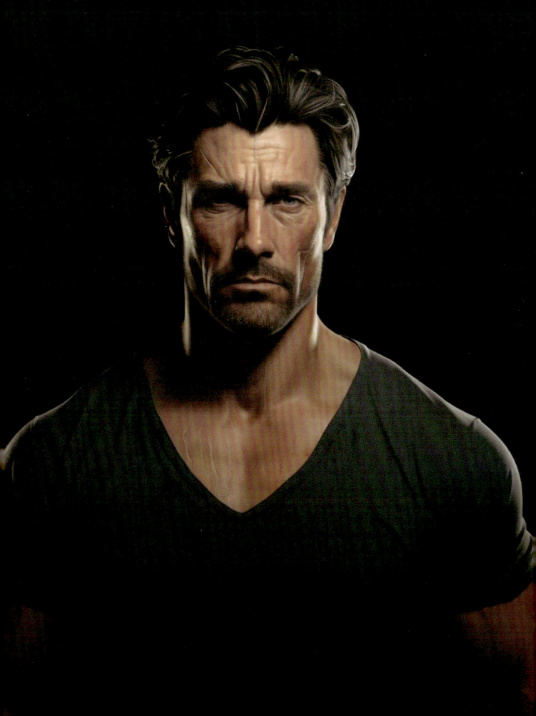

LUCAS

Tem 25 anos e é uma espécie de príncipe encantado, que surge na história para evitar o pior para Jenifer. É o contraponto dos canalhas. Doce e tímido, mas essencial para as decisões mais importantes da vida dela.

GERAÇÃO

apresenta

STALIMIR VIEIRA

JENIFER

(ROMANCE)

GERAÇÃO

Copyright © 2023 Stalimir Vieira

1ª edição — Setembro de 2023

Grafia atualizada segundo o Acordo Ortográfico da Língua Portuguesa de 1990,
que entrou em vigor no Brasil em 2009.

EDITOR E PUBLISHER
Luiz Fernando Emediato

PROJETO GRÁFICO E DIAGRAMAÇÃO
Megaarte Design

PREPARAÇÃO DE TEXTO
Paulo Mattos

REVISÃO
Josias A. de Andrade

ILUSTRAÇÕES DOS PERSONAGENS
Antonio Emediato

**Dados Internacionais de Catalogação na Publicação (CIP)
de acordo com ISBD**

V658j	Vieira, Stalimir
	Jenifer / Stalimir Vieira ; ilustrado por Antonio Emediato. – São Paulo : Geração Editorial, 2023.
	168 p. : 20,5cmx 22,5cm
	ISBN: 978-65-5647-109-9
	1. Literatura brasileira. 2. Romance. I. Emediato, Antonio. II. Título.

	CDD 869.89923
2023-1733	CDU 821.134.3(81)-31

Elaborado por Vagner Rodolfo da Silva – CRB-8/9410

Índice para catálogo sistemático:
1. Literatura brasileira : Romance 869.89923
2. Literatura brasileira : Romance 821.134.3(81)-31

GERAÇÃO EDITORIAL
Rua João Pereira, 81 – Lapa
CEP: 05074-070
São Paulo – SP
Telefax: (+ 55 11) 3256-4444
E-mail: geracaoeditorial@geracaoeditorial.com.br

Impresso no Brasil
Printed in Brazil

INTRODUÇÃO

Este é um livro de Jenifer. Tudo o que fiz foi transcrever suas respostas. A espontaneidade, o frescor, a simplicidade e a sensualidade são dela. Foram muitas tardes e algumas noites de longos bate-papos sem nenhuma outra intenção que não fosse a dela de falar e a minha de provocá-la a contar mais.

Quanto mais Jenifer avançava em sua narrativa, mais despertava em mim o desejo de registrar essa história. Mas como fazer isso sendo fiel aos fatos e, ao mesmo tempo, sem perder o espírito de encantadora fantasia que habita as almas adolescentes?

Pensei em gravar e depois transcrever sua fala na íntegra; pensei em pedir que Jenifer escrevesse, como se fosse um monólogo para o teatro; pensei em simplesmente escrever um romance inspirado na história dela.

Um dia, Jenifer me disse: é isso aí. Bocejou, apanhou a mochila, enfiou dentro o pacote de biscoitos, a carteira, a agenda. Repôs o brinco que ficara manuseando, prendeu os cabelos e foi embora.

Passado um tempo, me ligou. Perguntou se eu já tinha resolvido o que iria fazer com as histórias que me contara. Respondi que não e ela riu.

Desligamos e tomei uma decisão. Usaria de tudo um pouco: o meu diálogo com ela, a sua narrativa e a narrativa das outras meninas citadas por ela, tudo misturado. Para evitar confundir os leitores, com tantas idas e vindas, os editores usaram um tipo de letra diferente nos diálogos entre Jenifer e eu.

Mas, como disse no início, a história é toda de Jenifer.

Só tratei de reproduzi-la do jeito que ela me contou.

Não estranhem a falta de celulares e de redes sociais na narrativa. Essa história se passa nos anos mil novecentos e noventa e, acreditem, mesmo sem celulares e sem redes sociais, havia vida na Terra.

CAPÍTULO 1

Jenifer vai ao médico

Jenifer, quando completou 12 anos, tinha 1 metro e 58 centímetros e 49 quilos. Esses números estão na ponta da língua, porque no dia do seu aniversário, foi ao médico. E, no consultório, foi pesada e medida, de calcinha e com os braços cruzados sobre os seios incipientes. Jenifer estava com umas manchinhas na pele. A enfermeira anotou os dados e pediu que ela se deitasse, que o doutor já vinha. Jenifer acomodou o corpo na maca, sentiu o lençol gelado e fixou os olhos no teto.

— Você tava com medo?

— Não sei se era medo... tava com vergonha, na verdade...

— Vergonha de estar só de calcinha?

— É... eu pensei: vai que o médico me manda tirar a calcinha...

— Você tirava?

— Eu não. Eu chamava a minha mãe.

A porta do consultório foi aberta de repente e entrou o médico. Tinha cara de boa gente, alourado, de olhos azuis, um sorriso nos lábios, sem mostrar os dentes. Foi até a mesa, leu a ficha de Jenifer. Em seguida, lavou as mãos, deu uma espiada na janela e comentou:

— Vai chover? Ou será que não vai?

Segurou delicadamente a ponta dos dedos da mão esquerda de Jenifer e fez com que afastasse o braço do corpo. Instintivamente, com o braço direito ela cobriu os seios.

— Humm, manchinhas bobas, é só passar um bombril que saem.

Acomodou o braço de Jenifer novamente e tomou o outro com a mesma delicadeza.

— Tudo bem, moça, não tem perigo de virar uma dálmata.

Só então, Jenifer deixou escapar um sorriso tímido.

— O cara era legal, percebeu que eu tava nervosa e fez tudo com o maior carinho.

— Você ficou mais à vontade?

— Médio... Eu só não estava mais com taaaaaanto medo...

O médico deu as costas para Jenifer, simulando estar buscando alguma coisa, enquanto falou com a maior mansidão possível:

— Agora vira um pouquinho para eu ver atrás.

Sem abrir os braços, Jenifer virou-se de bruços e o médico reaproximou-se.

— Naquela hora, eu morri de vergonha.

— Por quê?

— Um lado da calcinha tinha entrado na bunda e eu não tinha coragem de levar a mão para arrumar...

— O que você achou que ia acontecer?

— Sei lá.

— Você achou que o médico ia ver e ficar interessado?

— Sei lá. Eu era muito envergonhada.

— Você acreditava que a cena era sexy?

— Nem pensava direito nisso, mas ele podia achar, né?

— Mas o que você acha que ele podia fazer?

— Não sei... só me sentia... sei lá...

— Vulnerável?

— Isso. Tava na mão dele, né?

CAPÍTULO 1 - *Jenifer vai ao médico*

O médico afastou os cabelos com cuidado e examinou a nuca de Jenifer. Passou a ponta de um dedo num sinalzinho. E, em seguida, a mão dele ajeitou sua calcinha. Um susto. Jenifer apertou os olhos e as mãos junto ao peito, enquanto aguardou o próximo gesto do médico por um tempo que lhe pareceu uma eternidade.

– Muito bem, pode se vestir.

Com o rosto voltado para a parede e os olhos fechados, Jenifer esperou a porta ser aberta e fechada para se levantar da maca.

– Algum outro homem já tinha visto você nua?

– Só o meu pai, poucas vezes.

Jenifer vestiu-se e foi encontrar a mãe na recepção.

– Tudo bem?

Jenifer concordou com um movimento de cabeça, fixada no cheque que a mulher acabara de preencher. A sensação do toque do médico em sua pele, no momento em que ajeitou a calcinha, se mantinha viva.

CAPÍTULO 2

O aniversário de Jenifer

Um dia depois da data em que Jenifer completou 13 anos, num sábado, seu pai preparou um churrasco na beira da piscina para comemorar. Vieram tios, tias, sua prima Stephanie com o namorado, alguns colegas dos pais e a melhor amiga, Paulinha.

— Eu fiquei chocada quando vi a minha prima, que tinha quase a mesma idade que eu, chegando de mãos dadas com um namorado, que devia ter uns 18.

— Por quê?

— Ué! Porque eu achava que a gente ainda era muito nova pra isso.

Fazia calor e a família se divertia na água. Jenifer nunca tinha visto tantos parentes com tão pouca roupa de uma só vez. Barrigas, celulites, varizes, estrias e a tal prima, Stephanie, que usava o menor biquíni que Jenifer já tinha visto. Uma tanguinha, na verdade, que deixava a bunda completamente descoberta e tinha, na frente, um triangulozinho mínimo. Para Jenifer, não faltava quase nada para que a prima ficasse nua. Percebeu, ainda, que os seios dela eram menores do que os seus. Mas havia uma contradição: tinha menos seios, mas tinha namorado.

— Eu e a Paulinha, a gente ficava fofocando.

CAPÍTULO 2 – *O aniversário de Jenifer*

— *Sobre a prima e o namorado?*

— *Lógico!*

— *E falaram dos peitos dela?*

— *Claro!*

— *E a sua amiga, tinha mais peitos que você?*

— *Tinha um pouco mais. Mas ela sempre usava sutiã para parecerem maiores.*

— *Por quê?*

— *Pra chamar a atenção.*

— *De quem?*

— *Dos meninos, ora!*

— *E você? Não sentia vontade de chamar a atenção dos meninos?*

— *Ah não, eu era muito tímida.*

Quando o pai avisou que o churrasco estava pronto e a família começou a formar uma fila na frente da churrasqueira, Jenifer e Paulinha se deram conta de uma coisa curiosa: a prima e o namorado tinham desaparecido. Jenifer animou-se imediatamente com a possibilidade de procurar o casalzinho.

— *Na verdade, eu nem sabia por que aquilo me atraía... era tudo uma brincadeira boba. No fundo, a gente tava era com inveja da Stephanie porque ela tinha namorado, e a gente não. Por isso, a gente queria atrapalhar o namoro deles.*

Jenifer e Paulinha primeiro deram uma volta pelo lado de fora da casa, percorrendo todos os cantinhos do jardim. Nada dos dois. Então, resolveram entrar. O silêncio e a temperatura agradável do interior da casa contrastavam com o alarido e o tremendo calor que fazia lá fora. De olhos atentos e ouvidos aguçados, começaram a subir as escadas que levavam aos quartos. Iam bem juntinhas, como que se protegendo uma na outra.

— *A gente tava se divertindo, mas também tava com medo.*

— *Medo do quê?*

— *De ver alguma coisa que não devia.*

19

Percorreram silenciosamente o corredor. De repente, Jenifer estancou e encarou Paulinha: a porta do seu quarto estava fechada. E ela tinha certeza de que deixara aberta. Apertou o braço da amiga. O coração disparou, a respiração ficou curta e rápida.

— Que foi, Jê?

— Paulinha, eu acho que eles estão no meu quarto.

— Jura?

Por um momento, Jenifer teve vontade de voltar. Sentiu vontade de estar outra vez no convívio da família, sob o sol, segura. Porém, enquanto pensava assim, seguia, cuidadosa, mas decididamente em direção à porta do quarto. Paulinha ficara para trás, com os olhos arregalados. Diante da porta, Jenifer voltou-se ainda uma vez em direção à amiga, como que buscando coragem para espiar pelo buraco da fechadura.

— Nossa, eu nunca vou esquecer!

— O que você viu?

— Meu, o cara tava sentado na minha cama e a Stephanie no colo dele.

— Vestidos?

— A tanguinha dela tava enrolada no meio da perna... dava pra ver os pelinhos...

Jenifer prendeu a respiração, enquanto tentava controlar o tremor do corpo. Queria fugir dali, mas a tentação de ficar era maior. E porque ficou, viu que, enquanto a prima beijava lentamente o pescoço do rapaz, ele dava goles na cerveja, segurando o gargalo da garrafa entre os dedos.

— Ele só bebia, não fazia nada?

— No começo, não... Depois, começou a passar a mão nela.

— Onde?

— Na perna, alisando... Depois no peito... Uma hora colocou o dedo no meio das pernas dela... Eu não acreditei, ali na minha cama!

Com a demora de Jenifer, Paulinha aproximou-se, curiosa, e sussurrou no ouvido da amiga:

CAPÍTULO 2 – *O aniversário de Jenifer*

– Tão aí?

Paulinha tomou um susto quando Jenifer reagiu, apertando seu braço.

– Que foi, meu?

Jenifer afastou-se da fechadura lentamente e sinalizou para que Paulinha espiasse. Tudo dentro dela ansiava, a pele ardia. Em seguida, afastou Paulinha e espiou outra vez.

– Nossa, a Stephanie tava com as pernas abertas e o cara com o dedo dentro dela!

– E como ela reagia?

– Sei lá, não reagia... tava com a cabeça jogada para trás, deitada no braço dele, com os olhos fechados, a boca aberta... meu, parecia que tava desmaiada... Saí correndo.

Jenifer entrou no banheiro, trancou a porta com duas voltas da chave. Olhou-se no espelho e teve a impressão de seus seios terem crescido. Sentiu uma necessidade incontida de ficar nua. Tirou as peças do biquíni e se sentou no vaso.

– Fiz um monte de xixi. Acho que nunca tinha feito tanto xixi na minha vida.

– E tava gostoso?

– O quê?

– Fazer xixi.

– Muito!

CAPÍTULO 3

A insônia de Jenifer

Se os olhos estavam fechados ou abertos não fazia nenhuma diferença. A cena, límpida, viva, de um colorido intenso, permanecia diante de Jenifer, desenhada na escuridão do quarto. Só que agora sem o desconforto de estar curvada, sem as limitações do buraco da fechadura, sem o perigo de aparecer alguém. Sim, era como se a prima e o namorado estivessem ali, junto de seu rosto. E Jenifer, a tudo assistindo na comodidade da sua cama, dos seus travesseiros e dos lençóis macios e perfumados. Revia com clareza a imagem da pele bronzeada de Stephanie, a tanguinha enrolada no meio das coxas roliças, os pelos, o rapaz dando goles na cerveja, os lábios da prima percorrendo o pescoço dele, o dedo do namorado desaparecendo entre as pernas da prima.

— *Naquela noite, eu não dormi nada. Virava de um lado pro outro e onde eu olhava via sempre os dois...*

— *E você pensava que eles estiveram ali, naquela mesma cama onde você estava deitada agora?*

— *Claro! Eu ficava cheirando a cama.*

— *Cheirando?*

— *Ficava cheirando o lençol.*

CAPÍTULO 3 - *A insônia de Jenifer*

— *Que cheiro você procurava?*

— *Sei lá, o cheiro do que eu tinha visto.*

— *O cheiro da transa deles?*

— *É.*

— *E você sentiu?*

— *Sim. Mas acho que era um cheiro de mim mesma, que vinha lá debaixo das cobertas.*

Jenifer, deitada de bruços, roçava o rosto no lençol. Encostava o nariz, aspirava, passava os lábios, a língua. Ao mesmo tempo, afastava as pernas e se sentia mais confortável. Enquanto beijava o lençol, movimentava a cintura, uma coisa potencializando a outra. Decidida, colocou o travesseiro entre as pernas e juntou-as com força. Um arrepio percorreu seu corpo.

— *Você gozou?*

— *Sei lá.*

— *E aí dormiu?*

— *Dormi e acordei com a calcinha toda molhada.*

— *Tinha feito xixi?*

— *Claro que não, né?*

23

CAPÍTULO 4

Jenifer vai à festa de Paulinha

(primeira parte)

No dia em que Paulinha completou 14 anos, os pais a deixaram fazer uma balada na garagem. A festa estava marcada para começar às oito horas, mas tinha de terminar à meia-noite.

Jenifer e Paulinha vinham falando sobre o assunto desde uma semana antes, mas no dia, logo de manhã, estavam excitadíssimas.

– Convida a tua prima, aquela do namorado, Jê.

Jenifer teve um estremecimento. Nunca mais vira a prima, desde o churrasco do seu aniversário. E mais recentemente nem as lembranças dela com o namorado perturbavam mais o seu sono. Sua reação à sugestão de Paulinha foi imediata, como se algum sentimento que começasse a adormecer fosse, repentinamente, despertado.

– Legal. Vou ligar pra ela. Já te ligo. Tchau.

Estava tão ansiosa que errou o número duas vezes. Era como se não pudesse perder tempo, que tivesse que aproveitar logo aquela oportunidade de trazer os dois, em carne e osso, outra vez, para perto de si.

– Oi?

– Stephanie?

CAPÍTULO 4 – *Jenifer vai à festa de Paulinha*

– Oi! Jenifer?

– Sou eu. O que você vai fazer hoje?

– Por quê?

– Tem o aniversário da Paulinha. Ela te convidou.

– Ah, legal... Posso levar o Marcos?

– Tudo bem, normal.

Nessa noite, Jenifer sentiu uma vontade incontrolável de mostrar o corpo. Fazia calor, é verdade, mas não era só isso.

– Sabe, parece que eu estava querendo mostrar pro cara que eu era mais mulher do que a Stephanie.

– E o que você vestiu?

– Coloquei uma sainha supercurta, aqui em cima... uma blusinha transparente que deixava a barriga de fora. Mas o mais louco foi a calcinha, queria uma bem pequenininha, peguei a menor que eu tinha, que nem usava mais.

– E como ficou?

– O quê?

– A calcinha.

Quando Jenifer se olhou no espelho, ficou impressionada: a calcinha era tão pequena que, na frente, não cobria completamente os pelinhos e, atrás, dava a impressão de que ela estava sem nada. Chegou a pensar em trocar, mas acabou gostando da ideia de ir assim, usando um segredo *sexy*.

– A minha cabeça era uma confusão. Eu ia usar aquela calcinha, mas nem sonhava que alguém fosse me ver com ela.

– Mas você estava gostando?

– Claro! Só que eu não sabia bem o que eu queria...

– Mas você não disse que queria mostrar pro namorado da sua prima que você era mais mulher do que ela?

– É, mas eu não queria que ele me visse de calcinha, né?

Às oito horas, Jenifer entrou no carro da mãe e, ao sentar-se, percebeu que a saia era realmente muito curta. Colocou a bolsa e o presente sobre as pernas para disfarçar. Nem precisava. Para a mãe, ela ainda era uma criancinha, dessas que andam inocentemente peladas pela casa.

– Onde você tá indo, mãe?

– A Eulália pediu para eu pegar a Stephanie.

– Ah, é?

A mãe estacionou o carro em frente ao prédio de classe média baixa onde vivia a família de Stephanie. A família de Jenifer tinha mais recursos, vivia numa casa grande, num bairro melhor. E, quem sabe, por isso as visitas dos parentes fossem tão esporádicas: não havia maior intimidade entre as famílias. Jenifer deu mais uma lida no cartão, colocou-o de volta no envelope perfumado e o guardou na bolsa. Diante do espelho, que ficava atrás do quebra-sol, ajeitou o cabelo e, de repente, se surpreendeu olhando-se nos olhos, com um arzinho irônico, cúmplice.

– Foi uma sensação muito estranha. Era como se tivesse outra pessoa no espelho, me olhando...

– E como era essa pessoa?

– Era eu mesma, só que muito mais sacana.

– Sacana?

– Não sei como explicar. Quer saber o que eu pensei na hora?

– Fala!

– Pensei assim: que safadinha... Você acha?

Jenifer foi despertada bruscamente de seus devaneios ao ouvir a porta traseira do carro ser aberta e um doce perfume tomar conta de tudo.

– Oooooiiiieeee...

Voltou-se e deu de cara com uma Stephanie de cabelos encaracolados e umedecidos. Completamente diferente. Uma mulher. Sentiu-se ridícula com seu cabelinho escorrido de menina. Mas não era só o cabelo: Stephanie usava um batom vermelho vivo que mantinha seus lábios permanentemente

CAPÍTULO 4 - *Jenifer vai à festa de Paulinha*

molhados. Usava uma calça branca, escandalosamente justa e com um cós que ficava no limite da virilha. Dava para ver o elástico da calcinha. Atônita, a Jenifer só ocorreu uma pergunta:

– E o Marcos?

Após concentrar-se por alguns instantes num grupo de rapazes que conversavam na esquina, Stephanie respondeu com indiferença que tinham discutido e terminado. Que Marcos estava ficando muito chato com suas crises de ciúme, dando palpite em suas roupas, enfim, um saco.

– Fiquei chocada.

– Por que eles terminaram?

– Não. Com o jeito dela. Não tava nem aí.

– Que é que tem?

– Ah, depois de tudo o que eu tinha visto, eles na maior intimidade...

– Você achou a Stephanie vulgar?

– Achei.

– E você, não estava sendo vulgar?

– Por quê?

– Com esse lance de querer se mostrar para o namorado dela, de se achar safadinha.

– Sei lá, a minha cabeça era uma confusão.

– No fundo, você estava frustrada porque o cara não estaria lá pra ver o seu corpo.

– Sim.

– E a Stephanie estava mais sexy que você.

– Sim.

– E ela não estava nem aí pro cara, enquanto você se vestiu pensando nele.

– Sim.

Capítulo 5
Jenifer vai buscar a bola no vizinho

Jenifer brincava com uma bola de vôlei, jogando-a contra o muro e rebatendo. Num desses movimentos, calculou mal a força e a altura da rebatida e a bola caiu no quintal do vizinho. Foi buscá-la. Ao chegar à porta da casa, percebeu uma câmera. Tocou a campainha. Em seguida, ouviu uma voz de homem no interfone:

— Quem é?

— A vizinha... a bola caiu aí.

O portão eletrônico da garagem começou a abrir. Jenifer esperou um pouco e, como não apareceu ninguém, entrou.

— Pode entrar.

A voz agora vinha da porta que dava acesso ao jardim. Avançou, tímida.

— Passa por aqui.

Jovial e forte, o vizinho vestia apenas uma sunga. Jenifer andou até a borda da piscina, onde a bola havia caído. Procurou alguma coisa para puxá-la para fora.

— Deixa que eu pego pra você.

O homem fez uma pose e se jogou na água. Com a bola nas mãos, começou a brincar.

CAPÍTULO 5 - *Jenifer vai buscar a bola no vizinho*

– Entra um pouquinho.

Jenifer ruborizou. Começou a coçar os antebraços e os cotovelos.

– Não posso, tô de bermuda.

– Que é que tem?

– Não posso molhar.

Já saindo da piscina, ele falou, simulando indiferença:

– Então, tira.

Chocada, a primeira coisa que Jenifer fez foi calcular suas possibilidades de chegar à porta antes dele ou, em último caso, de pular o muro. Mas o homem jogou a bola para ela numa boa e foi buscar uma toalha. Então, enquanto se enxugava passou a observar Jenifer.

– Nossa, meu, que puta susto!

– Por quê?

– Por quê? Meu, você não sabe... Dentro da sunga dele.

– Que é que tem?

– Eu nunca tinha um visto um troço daquele jeito.

– O volume?

– É. Ficava atravessado assim, um pouco pra cima.

– O cara tava com um puta tesão.

– Sabe o que ele me perguntou?

– O quê?

– Se eu tinha namorado.

– Falei que não.

Jenifer queria ir embora, mas o vizinho permanecia junto à porta, enxugando os cabelos. Depois, pendurou a toalha no pescoço e cruzou os braços.

– Eu também não tenho namorada.

Jenifer moveu os ombros e torceu levemente a boca. Não sabia se o encarava ou olhava para baixo. Só que aí dava de cara com a sunga preta.

Ele tinha deixado a mão escorregar lentamente pela barriga, pelo ventre até apoiar-se no volume dentro da sunga.

– Eu não tenho namorada, você não tem namorado, então por que a gente não namora?

Jenifer estava paralisada. Ele começou a aproximar-se.

– Fica calma, gatinha!

– Jenifer! Cadê você?

Ao ouvir a voz da mãe, Jenifer saiu correndo, cruzou a garagem, saiu para a rua, entrou em casa e se trancou no banheiro. Então, escutou o barulho do vizinho se jogando outra vez na piscina. Não conseguia esquecer daquele volume dentro do *short* dele.

CAPÍTULO 6

Jenifer vai à festa de Paulinha

(segunda parte)

Durante os vinte minutos que sua mãe levou dirigindo até a casa de Paulinha, ouvia-se apenas o motor do carro. Jenifer tentava recompor seus pensamentos, dar um outro sentido para essa festa, encontrar uma nova motivação que justificasse estar tão exposta.

— *De repente, eu estava morrendo de vergonha daquela roupa.*

— *Por quê?*

— *Não sei... sentia a calcinha apertada no meio das pernas.*

— *Tava machucando?*

— *Tava incomodando. Era muito pequena, entrava na bunda, apertava na frente.*

— *Dava vontade de tirar?*

— *Dava. Se eu pudesse, tirava ali mesmo.*

Ao chegar à festa, Jenifer foi até Stephanie, beijou Paulinha, entregou o presente e perguntou onde era o banheiro.

— Vai no meu, lá em cima.

Entrou, trancou a porta e começou a tirar a calcinha.

31

— *Meu, que alívio!*

— *Deu vontade de abrir bem as pernas?*

— *Como é que você sabe? Fiquei assoprando, ridícula.*

Enquanto se recuperava, sentada no vaso, Jenifer observava o banheiro da amiga. Tudo arrumadinho, parecia um banheiro de princesa. De repente, seu olhar deu com uma calcinha pendurada na torneira do chuveiro. Uma calcinha preta, rendadinha. Ao ver a sua calcinha, embolada a seus pés, tomou uma decisão.

— *Peguei a calcinha da Paulinha e vesti.*

— *Tava gostosa?*

— *Nossa, macia, que diferença!*

— *E você pensou que a sua amiga já tinha usado aquela calcinha?*

— *Sim, eu nunca tinha usado uma calcinha de outra pessoa.*

— *Você se sentiu mais íntima da Paulinha?*

— *Ahã... até pensei uma bobagem.*

— *Que bobagem?*

— *Ah, viagem.*

— *Fala!*

— *Ah, besteira... pensei que a Paulinha devia usar uma calcinha minha também.*

Ao sair do banheiro e olhar a sala do alto da escada, Jenifer levou um susto.

— *Adivinha quem estava lá, com um copo na mão.*

— *Quem?*

— *O meu vizinho, você acredita?*

— *Não.*

— *Juro!*

Ele usava um *jeans* justo, e Jenifer, prontamente, identificou o volume que percebera na sunga preta, agora um pouco mais comportado. Voltou-se para a porta do banheiro e recostou-se na parede, coçando os antebraços e

CAPÍTULO 6 – *Jenifer vai à festa de Paulinha*

os cotovelos. Paulinha, que acabara de levar mais um presente para o quarto, deu de cara com Jenifer.

– Que foi, Jê? Não vai descer?

– Esse cara...

– Que cara?

– Esse cara com o copo na mão.

– É o Rei, amigo do papai... Vem, vamos lá pra garagem.

– Paulinha, escuta.

– O quê?

– Me empresta uma roupa.

– Por que, Jê? Essa roupa tá superlegal.

– Tô me sentindo nua.

– Para com isso, olha a minha saia.

A saia de Paulinha era só um pouco mais comprida. Na verdade, a de Jenifer é que era exageradamente curta.

– Não sei como, mas consegui passar pelo cara sem ele me ver. Fui escondida, atrás da Paulinha.

A garagem tinha virado uma verdadeira danceteria. Pouca luz, lâmpadas coloridas piscando, som muito alto. Todo mundo falando ao mesmo tempo e ninguém ouvindo direito. Jenifer gostou, era o lugar perfeito para misturar-se, diluir-se, passar desapercebida. Só, então lembrou-se:

– Paulinha, e a Stephanie?

– Ali, ó, dançando... tá sem o namorado...

Stephanie dançava como em transe, com os olhos fechados, os lábios afastados, do mesmo jeito como Jenifer a vira em seu quarto, no colo de Marcos. Mudou a música, entrou uma batida mais pesada, e Stephanie soltou um grito e começou a agitar ainda mais o corpo, como se o som e as luzes que piscavam frenéticas fossem parte de um *show* feito exclusivamente para ela. Levanta os braços, movimenta a cintura, dobra os joelhos, joga os cabelos. Alguns garotos disputavam a primazia de dançar com ela.

— Dava pra ver a marca da calcinha enquanto ela se mexia toda.

— E os garotos?

— Ah, continuavam dançando, meio bobões.

— Não tentavam se aproximar dela?

— Nada, a Stephanie não tava nem aí pra eles.

— Não?

— A Stephanie gostava de caras mais velhos, como o Marcos.

Jenifer teve um sobressalto ao sentir gelo na nuca. Voltou-se.

— Oi, gatinha, eu tô com saudade da sua bola.

Ficou estática, apenas as pontas dos dedos coçavam os antebraços.

— Meu, me deu um pânico. O cara ali, colado em mim. Lembrei da minha saia tão curta, da minha blusa transparente, tudo o que não era pra esse cara, entendeu? Tudo errado.

Rei segurava um copo e com a outra mão envolveu os cabelos de Jenifer.

— Vamos dançar?

Jenifer balançou os ombros. A garganta apertava. Quando percebeu que o rosto dele se aproximava do seu, afastou o corpo bruscamente e apontou Stephanie. Como num milagre, Rei a abandonou e se postou, hipnotizado, diante de Stephanie.

CAPÍTULO 7

Jenifer ouve o desabafo de Stephanie

Jenifer se espreguiçava longamente quando o telefone tocou. Atendeu e ouviu a voz entristecida de Stephanie.

– Oi, Jenifer!

– Oi, Stephanie! Meu, onde você tava? Você sumiu da festa!

– Eu não tô legal, Jenifer.

– O que foi, Stephanie? Tem a ver com a festa?

– Aconteceu um negócio superchato comigo ontem.

A fala da amiga é interrompida por um soluço sentido.

– Calma, Stephanie! O que foi que houve, me conta.

– Sabe aquele cara que veio dançar comigo? Aquele tiozão? Aquele cara é um filho da puta.

– O que foi que ele fez?

Rei passeava o olhar pelo corpo suado de Stephanie. Ela, magnetizada pela música, pelas luzes e por um sentimento confuso, que misturava desejo e vaidade, movimentava-se cada vez mais sensualmente, adivinhando aquilo que, efetivamente, perturbava aquele homem na sua frente. Sim, era um homem e não um garoto, como aqueles que até agora estiveram em volta dela.

35

Intuía o perigo e quanto mais pensava no perigo mais desejava desafiá-lo. E mais descobria armas em seu arsenal de fêmea. Ela sabia que a blusa encharcada de suor expunha o bico de seus seios ao olhar dele. Sabia que o intenso movimento de seu corpo fazia com que a cintura da calça baixasse ainda mais e o olhar repleto de desejo do homem alcançasse a sua calcinha. Stephanie sentia as gotas de suor escorrendo entre os seios, a umidade das costas, as coxas encharcadas. Rei balançava a cabeça, sorridente, demonstrando seu êxtase com o *show*.

– Jenifer, eu tava morrendo de sede e, de repente, ele colocou uma garrafa de champanhe na minha mão, geladinha. E começou a dançar comigo, falando para eu beber e eu morrendo de sede.

Apesar da euforia, uma dúvida apertou seu coração. Tinha que decidir. Dizer que não queria ou beber, coerentemente com a mulher que estava representando.

Rei aproximou-se e falou no seu ouvido.

– Jenifer, ele disse que eu era a mulher mais linda da festa. Eu fiquei sem graça. O Marcos nunca tinha falado que eu era uma mulher. O cara é um gato e ali nem parecia tão mais velho do que eu. Eu não sabia o que fazer, então bebi um gole do champanhe.

A bebida desceu maravilhosamente gelada e banhou de prazer toda a angústia daquele momento. Stephanie tinha consciência de que era, mesmo, a mulher mais atraente da festa. Já havia percebido que todos a observavam. Que o pai de Paulinha se havia fixado em sua cintura logo que ela chegou.

– Você ficou com inveja ouvindo Stephanie contar?
– Eu fiquei meio puta, porque ela tava se achando demais.

Jenifer estava um tanto chocada com o fato de Stephanie ter começado a história chorando e logo depois praticamente se gabava da abordagem do cara.

– Mas você já tinha percebido também que ela era a melhor da festa?
– Depende.

CAPÍTULO 7 - *Jenifer ouve o desabafo de Stephanie*

– *Mas era a mais gostosa?*

– *A roupa, sim... o lance do batom, com a boca sempre molhada, parecia que tinha acabado de beijar...*

– *Mas o corpo dela ajudava?*

– *Sim.*

– *O rosto também?*

– *Ela era bonitinha, meio vulgarzinha, mas bonitinha...*

– *Você acha que o cara gostou mais dela que de você?*

– *Sei lá. Ele nem me viu direito.*

– *E se tivesse visto, curtiria mais as suas pernas ou as dela?*

– *Ela sempre foi mais fortinha, eu mais magra...*

– *E o bumbum?*

– *Quer saber? Eu até me achava melhor, só que não andava me oferecendo.*

Depois de ter dançado com Rei mais duas músicas e bebido alguns goles do champanhe, Stephanie sentiu o braço de Rei envolvendo sua cintura.

– Sabe o que eu mais queria, gatinha?

Stephanie sorriu automática.

– Ver você dançando assim, só pra mim.

Rei começou a andar, levando Stephanie com ele.

– Eu nem sabia aonde estava indo, Jenifer... Senti a mão dele na minha barriga e senti cócegas...

Stephanie pressentiu, num segundo, que talvez não fosse uma boa ideia sair assim com aquele homem que mal conhecia, mas pensava também que era uma mulher saindo com um homem para dar uma volta, como costumam fazer as mulheres e os homens. Estava com a mesma sensação que teve na primeira vez em que saiu maquiada: alguns degraus acima da menininha que fora até então. Essa noite, porém, a sensação era mais forte. Tinha um homem de verdade na história.

– Quando vi, Jenifer, ele tava abrindo a porta do carro e me fazendo entrar... Puta carrão, meu, uma be eme, eu me sentei e afundei no banco. Aí

37

ele me deu um balde de gelo e disse pra eu colocar o champanhe dentro, eu fazendo tudo o que ele mandava.

Rei deu a volta e entrou no carro. Ligou o som e começou a mais dançante das músicas que Stephanie já tinha escutado, uma batida poderosa que ocupou todos os espaços da sua mente. Só ocorreram a ela naquele momento duas coisas: primeiro, beber mais um gole do champanhe – retirou a garrafa do balde e uma gota gelada atravessou o tecido da calça e molhou, gostosamente, a pele da coxa; a segunda coisa que fez foi balançar o corpo e a cabeça, ao ritmo da música, jogando os cabelos sobre o rosto.

– Eu acho que tava louca, Jenifer. O cara ali me olhando e eu me mexendo toda pra ele.

Stephanie, ao ver que Rei a continuava encarando fixamente, ofereceu a ele a garrafa, tentando dar um sentido mais natural àquele momento.

– Quer?

– Quero, mas não assim...

Stephanie não entendeu, mas antes que ela perguntasse qualquer coisa, Rei aproximou-se e tomou a mão que segurava a garrafa e a empurrou, delicada, mas firmemente, em direção à sua boca.

– O cara me fez beber mais um gole e pediu pra eu não engolir. Naquela hora fiquei com medo, Jenifer. Parecia que ele tava me forçando do jeito que falou. Eu com a boca cheia de champanhe e ele falando "não engole, não engole". Aí, ele puxou minha cabeça e colocou a boca bem junto da minha... Jenifer, ele pediu pra eu passar o champanhe da minha boca pra boca dele! Eu não tinha coragem, mas ele pedia "derrama aqui na minha boca".

Stephanie, então, fechou os olhos e, experimentando uma excitação ainda que contida pelo constrangimento, deixou o líquido escorrer pelos lábios e pelo queixo.

– Hummmmm, gatinha, é o melhor champanhe que já bebi...

À medida que a bebida escasseava em sua boca, mais Stephanie sentia o calor da respiração do homem se aproximar do seu rosto. Tentou afastar-se, mas não pôde evitar que ele encostasse a boca em seus lábios. Stephanie não tinha muita mobilidade com o balde entre as pernas e a mão de Rei

CAPÍTULO 7 - *Jenifer ouve o desabafo de Stephanie*

envolvendo sua nuca, enquanto os lábios dele comprimiam sua boca levemente. Deixou-se ficar, tentando desfrutar a sensação daqueles beijos suaves,
com o coração acelerado. Quando Rei afastou-se e a ficou encarando com o
mais doce dos olhares, o rosto de Stephanie queimava. Sentia a palpitação na
garganta e o peito arfava, como se tivesse corrido quilômetros.

– Eu estou apaixonado por você, gatinha!

Stephanie não conseguia evitar aqueles olhos azuis que a encaravam e
que naquele momento pareciam os de um menino, mas que eram de um
homem de verdade. E se um homem de verdade falava assim com ela era porque ela era uma mulher de verdade. Havia fantasiado um momento como
esse no calor das cobertas ou mesmo com Marcos, mas agora a mulher de
verdade era solicitada de verdade. Uma bomba-relógio tiquetaqueava na sua
cabeça, o ar passava cada vez mais rápido pelas narinas e não acreditou em si
mesma, quando suas mãos, como se tivessem vontade própria, envolveram o
rosto do homem e seus lábios colaram nos dele. O beijo foi longo. Rei, no
começo, apenas deixou-se beijar, encorajando Stephanie a prosseguir naquela
aventura. O prazer pulsava no corpo de Stephanie com tamanha intensidade
que todo o resto parecia pertencer a um mundo muito distante, Marcos,
Jenifer, Paulinha...

– Vem, gatinha, faz o que quiser de mim...

Enquanto Rei acomodava-se em seu assento, Stephanie passou o balde
com gelo para o banco de trás. Com o corpo livre, avançou sobre o homem.

– Jenifer, quando vi eu tava em cima do cara! Não acreditei!

Stephanie, de olhos fechados, beijava Rei sem parar. Então, sentiu as mãos
dele segurando seus pulsos.

– Espera, gatinha, vamos sair daqui!

– Minha mãe vem me buscar.

– A que horas?

– À meia-noite.

– São onze e cinco, tudo bem. A gente não demora.

Stephanie não teve coragem de perguntar para onde iam. Não queria
ter medo. Muito menos demonstrar medo. Rei estava sendo um namorado,

era como se fosse seu namorado. Não queria pensar na diferença de idade. E quando pensava, experimentava uma ponta de orgulho por estar em um lugar em que muitas outras mulheres, mais velhas do que ela, gostariam de estar. Pegou a garrafa e bebeu mais um gole. Enquanto rodavam, a mão de Rei percorria as pernas de Stephanie. De vez em quando, com delicadeza, tentava afastar uma da outra, mas ela as juntava outra vez.

— Você conseguia imaginar o que ia acontecer com a sua prima?

— Nada, eu só escutava, a minha orelha estava pelando, e olha que eu já tinha trocado o telefone de lado umas dez vezes.

Rei acionou o portão eletrônico da garagem. Sorriu para Stephanie. Ela não correspondeu. Pela primeira vez, achou que estava indo longe demais.

— Stephanie, você estava aqui do lado da minha casa, meu!

— Eu nem lembrei, tava tão confusa...

Rei saiu do carro sem dizer nada. Abriu a porta do lado de Stephanie e estendeu-lhe a mão. Ela sentia-se insegura, mas não queria fazer um papelão, nessa altura, depois de ter se comportado perfeitamente como uma mulher até agora. Ao entrarem na casa, Rei a tomou pelos braços, divertido. Stephanie sentiu medo. Ele deitou o corpo dela na cama. Quis levantar-se, mas o homem a conteve pelos ombros.

— Calma, gatinha, eu não vou fazer nenhum mal pra você.

— Minha mãe já tá chegando.

— Tudo bem, eu só quero uma coisa que eu falei, lembra?

Stephanie não lembrava, sentia a garganta apertada, queria ir embora.

— Não lembra? Que eu queria você dançando só pra mim?

Stephanie concordou com um movimento tímido da cabeça. Rei acionou o controle remoto do aparelho de som que tinha no quarto. E o ambiente foi invadido pela mesma música que a havia encantado na festa. Stephanie sentou-se na cama, perturbada. Sentia-se zonza pelo champanhe. Rei pegou seus braços e a fez levantar.

— Vai dançar pra mim.

CAPÍTULO 7 - *Jenifer ouve o desabafo de Stephanie*

A voz já não era doce, como na casa de Paulinha. Passava uma certa impaciência. A impaciência de um adulto com uma criança. Stephanie foi para o meio do quarto. Rei recostou-se no travesseiro. Em seguida, baixou a luz do abajur. Stephanie gritou no meio daquela música que ocupava os ouvidos.

— Eu danço essa e a gente vai, tá?

Rei mostrou o polegar erguido e Stephanie, tentando retomar alguma calma, fechou os olhos e começou a dançar. Ouviu a voz forte:

— Mais sensual, como na festa!

Stephanie obedeceu. Mantendo os olhos fechados, começou a mexer o corpo. Colocou as mãos na parte interior das pernas e abaixou-se lentamente. Depois, levantou os braços e virou de costas, movimentando os quadris. Ao voltar-se, abriu os olhos e percebeu que Rei a aplaudia. A música estava terminando e ela diminuía os movimentos. Rei ficou de joelhos na cama e, enquanto buscava outra música, fez o pedido com a maior naturalidade:

— Agora, a última, sem a blusinha.

— Quê?! Ah, não, vamos embora, minha mãe já tá lá esperando.

Rei ficou de pé diante dela, enquanto começavam os primeiros acordes da música.

— Faltam vinte minutos, ainda. Eu levo você em cinco minutos, juro. Tira a blusinha e dança.

— Não!

— Um minuto. Você controla, dança um minuto sem a blusinha e eu te levo.

Rei levantou-se da cama e abraçou Stephanie. Suas mãos percorriam suas costas. Stephanie tentava impedir suas tentativas de levantar a blusa, apertando os braços contra o corpo.

— Não quero. Pra quê?

— Vai, levanta a blusinha que eu te levo. Menos de um minuto.

— Não tem nada pra ver.

— Não faz mal, eu quero ver.

Rei conseguiu erguer a blusa de Stephanie acima dos seios. Ela vacilava entre fazer o que ele queria para se livrar logo daquilo ou impedi-lo definitivamente, gritando, tentando fugir dali.

– Tá bom, espera...

Stephanie tirou a blusa. Instintivamente, virou de costas. Rei gritou que ficasse de frente. Voltou-se cobrindo os seios. Rei fez sinal de que não com o dedo e aumentou o som. Insistiu para que ela dançasse. Stephanie, completamente constrangida, descobriu os seios e, alheia ao ritmo da música, movimentava-se lentamente e sem nenhum apelo erótico. Rei sorria. Stephanie mostrou-lhe o pulso, lembrando do tempo. Ele saltou da cama para junto dela.

– Pronto! Viu? Não doeu nada.

– Tá. Vamos embora, então.

Antes que Jenifer tornasse a vestir a blusa, ele a abraçou e beijou com força, empurrando seus lábios com a língua. Stephanie achou melhor abrir logo a boca, mas isso incendiou ainda mais o homem. Ele passava as mãos espalmadas sobre suas costas, numa pegada cheia de desejo. Em seguida, começou a massagear o bico dos seios e logo desceu a mão para o meio das suas pernas. Stephanie debatia-se.

– Vamos embora, meu, minha mãe tá esperando!

Tentava livrar-se de Rei, mas ele não a soltava.

– Jenifer, o cara pegou a minha mão e colocou no pau dele. Eu não sabia que ele tinha tirado pra fora da calça. Ele me obrigou a pegar aquele negócio enorme. Pegou a minha mão e me obrigou a segurar. Me derrubou no chão. Ficou ajoelhado em cima de mim e começou a gozar na minha barriga, nos meus peitos, no meu pescoço, não parava de sair porra, Jenifer, me deu um banho, quase acertou a minha cara! Que nojo, que ódio, Jenifer!

– O que você pensou na hora que ela contou isso?

– Eu? Pensei no que ele queria fazer comigo no dia que eu fui buscar a bola...

– E pensou que ela tinha visto aquele negócio que você só conhecia dentro da sunga?

– Sim, eu conseguia imaginar.

– E não ficou com vontade de ver?

– Eu não sei se eu tava com pena ou com inveja da Stephanie.

CAPÍTULO 7 - *Jenifer ouve o desabafo de Stephanie*

Rei ergueu-se, atordoado, enquanto Stephanie chorava.

– Para aí, gatinha, a gente já vai embora.

Trouxe uma toalha e começou a limpá-la. Pegou a blusa para Stephanie e ajudou-a a vestir, como se fosse sua filha. Stephanie enxugava as lágrimas, sem encará-lo.

– Tá tudo bem, gatinha, não fala isso pra ninguém. Ainda faltam cinco pra meia-noite, a gente vai chegar bem na hora. Fala pra sua mãe que você só foi dar uma volta até a esquina porque tava calor. Eu te deixo lá.

Seguiram em silêncio. Na esquina da rua da casa de Paulinha, Rei estacionou. Stephanie viu, a distância, o carro da mãe. Abriu a porta sem voltar-se.

– Gatinha, eu só fiz isso porque estou apaixonado por você.

Stephanie saiu e caminhou rápido. Quando chegou em frente à casa de Paulinha, a mãe estava voltando para o carro.

– Onde você estava, Stephanie?

– Fui tomar um ar.

– Andou bebendo!

Jenifer estava zonza com o relato da prima. Só ocorreu a ela uma pergunta:

– Você contou pro Marcos?

– Eu ligo e ele não atende, Jenifer. Fala com ele, Jenifer. Eu preciso dele.

CAPÍTULO 8
Jenifer tem um pesadelo

Jenifer levou uma tremenda bronca da mãe pelo tempo que ficou pendurada no telefone falando com Stephanie. Sentiu-se injustiçada, chorou e foi para a cama sem jantar.

— *Sabe o que a minha mãe falou?*

— *O quê?*

— *Que se eu quisesse um telefone só pra mim que eu fosse trabalhar e comprar um.*

— *Ficou brava mesmo!*

— *Sei lá, tava com problemas com o meu pai.*

— *Que problemas?*

— *Parece que ela descobriu que o meu pai andou saindo com outra mulher.*

— *Sério?*

— *Na briga, disse que tinham contado pra ela.*

— *E ele?*

— *Falou que tava de saco cheio e saiu.*

Deitada no escuro, vestida, sob as cobertas, Jenifer mordiscava os lábios e balançava os joelhos. Reproduzia mentalmente a narrativa de Stephanie.

CAPÍTULO 8 - *Jenifer tem um pesadelo*

Pensava nas experiências que a prima vinha acumulando e que a deixavam a uma infinita distância das outras meninas da sua idade. Certamente, já perdera a virgindade com Marcos. E, agora, Stephanie beijara um homem mais velho e ele gozara em seu corpo.

— *Não sei quanto tempo tinha passado, se eu tinha dormido... Só sei que, de repente, meu, me deu uma coisa.*

— *Que coisa?*

— *Uma falta de ar.*

— *Que mais?*

— *Me deu uma vontade louca de ver o cara.*

— *Tesão?*

— *É, fiquei toda molhada.*

— *Você queria o cara?*

— *Muito.*

— *Queria ele dentro de você?*

— *Ahã.*

A escuridão liberava sua imaginação, e ela desenhava mentalmente Rei diante de si, a imagem que ficara registrada, enquanto sua mão escorregava pela barriga até apoiar-se no volume dentro do *short*. Jenifer afastou as pernas, abriu o botão da cintura, baixou o zíper da calça e enfiou a mão dentro da calcinha.

— *Eu não aguentava mais, achei que tava ficando louca.*

— *Tava descontrolada?*

— *Completamente!*

— *Sabe o que eu fiz?*

— *Não.*

— *Levantei, tirei a calça, a calcinha e fui pro jardim.*

— *Você queria que ele visse você assim?*

— *Queria e não queria.*

— *E o que você fez?*

— Peguei a escada e subi no muro.

— Nossa!

— Tava uma lua linda, eu olhava para o meu corpo e me achava muito melhor que a Stephanie.

— Era isso que você queria que ele visse?

— Sim.

— A diferença é que ela aceitava os homens e você ainda não. Era uma criança.

— Eu ficava puta com isso.

Um gato passou correndo sob a escada, assustando Jenifer. Desceu apressada, retirou a escada, juntou a roupa e entrou em casa, esbaforida. Deitou-se na cama, cobriu-se e rezou com medo de si mesma.

CAPÍTULO 9
Jenifer liga para Marcos

A mãe de Jenifer a proibiu de usar o telefone por três dias. Uma verdadeira tragédia. Cheia de coisas para falar com a amiga, com a prima, e sem poder ligar. Paulinha ligou, a mãe atendeu e contou do castigo. Almoçavam em silêncio. A mãe parecia sonolenta, tinha olheiras profundas. O pai estava viajando havia dois dias.

— Mãe, deixa eu ligar?

— Eu estou esperando uma ligação.

— Do papai?

— Não!

— De quem, então?

— Não interessa. Você não pode ligar e acabou, Jenifer!

— Então, vou no orelhão.

A mãe não respondeu. Jenifer terminou de almoçar, levantou e se fechou no quarto. Vestiu um *short*, enfiou uma camiseta, calçou as sandálias e foi até a farmácia comprar um cartão telefônico. Na esquina, parou no orelhão e digitou o número que Stephanie tinha passado e que ela escrevera na mão.

— Alô, Marcos?

— Oi.

– É a Jenifer.

– Oi.

Jenifer travou. O rapaz estava frio.

– Alô!

– Oi, Marcos... É que a Stephanie pediu pra você ligar pra ela, tudo bem?

– Eu não.

– Por quê?

– Ah, porque não tô a fim.

– Mas, Marcos, ela tá precisando, aconteceu um negócio muito chato com ela.

– Que foi?

– Um cara agarrou ela.

– E daí?

– Pô, Marcos, o cara pegou ela à força!

– E daí? Ela é uma galinha mesmo.

Jenifer travou de novo. Não queria acreditar no que ouvira. Surgiu em sua mente a imagem que vira pelo buraco da fechadura de seu quarto: Stephanie no colo de Marcos, nua, e ele com o dedo no meio das pernas dela. Então, era isso? Essas coisas aconteciam com Stephanie porque ela era uma galinha?

– Alô? Jenifer?

– Marcos, como é que...

– E com você, tudo bem?

– Tudo.

– A gente podia se ver.

– Não sei, outro dia a gente se fala.

– Espera, Jenifer, eu posso te ligar?

– Não, hoje não.

– Quando, então?

– Não sei. Viu? Liga pra Stephanie.

– Prefiro ligar para você.

– Tchau, Marcos.

CAPÍTULO 9 - *Jenifer liga para Marcos*

Jenifer desligou e ficou apertando o fone. Tentava se recuperar do fracasso em sua tentativa de ajudar a prima.

— Puta que pariu!

— Tá brava?

Voltou-se bruscamente. Ali estava Rei, usando óculos escuros e com uma camisa *jeans* para fora da calça. Teria escutado a conversa? Jenifer o encara.

— Deixa eu passar?

Rei fez um gesto exagerado, curvando o corpo e estendendo os braços, mostrando que o caminho estava livre.

— Me diz uma coisa, gatinha, o seu pai está em casa?

— Tá viajando.

Falou, sem querer e arrependeu-se de dar a informação que a deixava mais vulnerável.

— Preciso falar com a sua mãe, então, sobre o muro.

Jenifer volta-se, curiosa:

— O que é que tem o muro?

— Tá com uma rachadura enorme, vai cair. Melhor derrubar logo e fazer outro.

Sem saber se deveria despedir-se ou não, Jenifer andou rápido, pensando que seu *short* era muito curto e justo, e que Rei estaria fixado em sua bunda, comparando suas pernas com as pernas roliças e bronzeadas de Stephanie.

— *Você estava gostando de pensar que ele estava olhando as suas pernas?*

— *Acho que sim, mas eu não queria ser uma galinha igual a Stephanie.*

— *Mas você queria ou não queria que ele desejasse você?*

— *Não sei... queria e não queria que ele me olhasse.*

— *Queria que ele tocasse seu corpo?*

— *Tocar meu corpo? Acho que eu tava precisando muito que alguém tocasse o meu corpo.*

49

CAPÍTULO 10

Jenifer recebe a visita de Paulinha

Paulinha saiu do carro e, praticamente, atirou-se nos braços de Jenifer. Era um sábado lindo, o céu muito azul, temperatura agradável. As mães ficaram na calçada, conversando.

– Amigaaaaaaaa...

– Paulinha, meu, que tortura, eu mato a minha mãe!

– Acabou o castigo?

– Hoje. Até que enfim!

– E pra quem você ligou primeiro, Jê?

– Pra você, lógico! Mas você já tinha saído.

Ficaram alguns segundos em silêncio, tempo suficiente para que o olhar de Jenifer percorresse o corpo da amiga. Paulinha usava um vestido branco, de alcinhas. Suas pernas estavam bronzeadas e uma penugem dourada as deixavam ainda mais sensuais. O coração de Jenifer acelerou com a constatação: Paulinha era uma mulher! Era, como se de repente, nesse encontro, na intimidade do seu quarto, se desse conta de que a amiga deixara de ser a menina de outro dia, na festa. Havia alguma coisa na definição do desenho de seu corpo, na força daquelas pernas, que Paulinha expunha, segura de si, na expressão

CAPÍTULO 10 – *Jenifer recebe a visita de Paulinha*

adulta daquele rosto cada dia mais lindo, nos cabelos longos e lisos, escovados com cuidado e presos com um simples elástico, como faziam as mulheres muito ocupadas. Jenifer sentia-se uma criança perto de Paulinha, diante das experiências de Stephanie.

— Paulinha, você ficou sabendo do que aconteceu?

— O quê? o quê?

— Com a Stephanie, na tua festa.

— Que foi, conta logo!

— A Stephanie saiu com o Rei, aquele amigo do seu pai.

— Quê?!

Jenifer percebeu que Paulinha ficou pálida e a encarou com uma expressão mais do que curiosa. Estava agressiva. Chocada, Jenifer silenciou.

— Fala, Jê, porra! O que foi que rolou?

Jenifer nunca tinha visto Paulinha assim, transtornada. E ficou ainda mais surpresa ao ver a amiga vasculhar a bolsa e tirar um cigarro meio amassado.

— Tua mãe entra aqui?

— Você tá fumando?

— Vamos sair daqui, vamos dar uma volta.

Jenifer não sabia o que fazer. Tinha a impressão de ter apertado um botão errado na vida, desencadeado um salto no tempo e revelado um futuro extremamente violento. Paulinha saiu apressada. Jenifer a seguiu.

— Mãe, a gente vai dar uma volta.

Na pracinha, com as mãos trêmulas, Paulinha acendeu o cigarro e deu duas tragadas curtas.

— Vai, Jê... o que foi que aquela galinha fez?

— Paulinha! Pô, o cara agarrou ela!

Paulinha fumava e roía as unhas. Jenifer, muito pouco à vontade, resumiu o drama de Stephanie na noite da festa. Paulinha escutava, balançando a cabeça e sustentando nos lábios um sorriso que misturava uma aparência de ódio e desprezo.

— *Nossa, a Paulinha parecia que tava louca!*

— *O que você achou que tava acontecendo?*

— *Eu não tinha bem certeza.*

— *E quando que você teve?*

— *Quando a Paulinha gritou "eu mato essa vagabunda!" Me deu vontade de sair correndo.*

Paulinha começou a estalar os dedos, enquanto mordia os lábios, sem fixar o olhar em nada.

— Eu devia ter desconfiado quando aquela puta chegou sem o namorado.

Jenifer continuava atônita. Não conteve a curiosidade e encarou Paulinha, tímida:

— Você tá com ciúme, Paulinha?

— Pra caralho, Jê!

Foi um tiro de misericórdia em sua coragem cambaleante. Calou-se, pasmada. Paulinha levantou-se e investiu na direção de um homem que passava.

— Tio, arruma um cigarro!

O homem encarou suas pernas e ofereceu o cigarro.

— Você não é muito novinha pra fumar?

— Não!

— E o que mais você sabe fazer?

Paulinha deu-lhe as costas e voltou a sentar-se ao lado da amiga. Jenifer queria ir embora, começava a achar aquilo tudo muito perigoso. O homem ainda permaneceu por um tempo olhando para Paulinha antes de seguir. Assim que ele desapareceu na esquina, Paulinha cruzou as pernas sem nenhum pudor, como se o gesto a vingasse de alguma coisa. Em seguida, cruzou os braços com força sobre a barriga e pendeu a cabeça para a frente. Soluços começaram a balançar seu corpo.

— Eu amo esse cara, Jê!

— Sério? Você gosta dele?

Paulinha voltou-se para Jenifer com os olhos encharcados e uma expressão, ao mesmo tempo, irônica e benevolente.

— Se eu gosto dele, Jê? A gente transa, Jê! Eu sou amante dele, entendeu?

CAPÍTULO 10 – *Jenifer recebe a visita de Paulinha*

Foi demais. Sem ter qualquer controle sobre o que acontecia, Jenifer encarou a amiga com uma expressão petrificada. Em seguida, seus olhos transbordaram e ela explodiu num choro convulsivo.

— *O que foi que deu em você?*

— *Não sei, era muito pra minha cabeça...*

— *Como você se sentiu?*

— *Uma babaca, que não sabia nada da vida.*

Paulinha, ao perceber o que acontecia com Jenifer, abraçou a amiga com força e recostou o rosto em seus cabelos.

— Que merda, amiga! Que merda, desculpe...

Afastou-se, acariciou o rosto molhado de Jenifer, buscando enxugar suas lágrimas com a palma da mão.

— Você é a única coisa que eu tenho, Jenifer.

Jenifer não sabia bem o que fazer. Depois da crise de choro, estava mais aliviada. Paulinha perguntou com a maior doçura:

— Tem usado a minha calcinha?

— Ai, Paulinha, foi mal... eu ia te contar...

— Imagina, Jê, eu sabia que tava com você. Pode ficar com ela, de lembrança.

Sorriram e tornaram a se abraçar com força.

— *O que você sentiu?*

— *Senti uma vontade louca de pegar a Paulinha e levar pra uma ilha deserta.*

— *Pra quê?*

— *Pra ficar com ela pra mim pra sempre.*

Como se tivessem chegado juntas à mesma conclusão, olharam-se, levantaram-se e começaram a voltar para a casa de Jenifer.

— Paulinha, dorme lá em casa hoje, vai.

— Tudo bem, vou falar com a minha mãe.

CAPÍTULO 11

Jenifer encontra Stephanie no shopping

— *Eu tinha acabado de pedir um hambúrguer e senti um sopro no meu pescoço. Olho para trás e não acreditei.*

— *Que foi?*

— *Era a Stephanie.*

— *E daí?*

— *Loira!*

— *Quê?*

— *A Stephanie loira! Tinha pintado o cabelo. Parecia uma, uma...*

— *Puta.*

— *Isso mesmo!*

— *Só porque tinha pintado o cabelo?*

— *Não, a roupa também. Tava usando uma sainha de couro aqui em cima, uma camisetinha por aqui, a barriga de fora, um piercing no umbigo, um relógio chiquésimo...*

Stephanie acompanhou Jenifer até uma das mesas e sentou-se com ela. Jenifer não conseguia desviar o olhar dos cabelos da prima.

— Meu, você pintou o cabelo!

CAPÍTULO 11 – *Jenifer encontra Stephanie no shopping*

– Tá feio?

– Não, tá legal, é que eu nunca pensei...

– Mas você gosta ou não?

– Tá legal, tá mais...

– Tô mais velha?

– Não é isso...

– Já sei, mais mulher. Também acho.

Jenifer, mais uma vez, sentia-se uma presa da idade, sem coragem para enfrentar a vida, sem coragem de crescer. Ofereceu o hambúrguer para Stephanie.

– Não, obrigada, tô no maior regime.

Jenifer não achou que Stephanie estivesse gorda, apenas maior, a bunda tinha crescido, as pernas mais grossas, os seios haviam crescido, firmes. Era mulher. Uma mulher, como Paulinha, que fumava e tinha um amante. Jenifer, em tese, teria muitos assuntos para conversar com Stephanie, mas todos eram bastante delicados. E ela estava traumatizada com as verdades que vinha escutando ultimamente, cada vez que contava alguma coisa. Resolveu falar de Marcos, que lhe pareceu, dentre os temas possíveis, o mais ameno, embora não tivesse nada de agradável para contar à prima.

– E o Marcos, Stephanie?

– É um babaca.

– Eu sei.

– Como você sabe, Jenifer?

– Porque eu liguei pra ele como você me pediu e nem tive coragem de te contar o que ele me disse.

– É um babaca, uma criança. O que ele te disse?

– Ah, que não ia te ligar, mesmo depois que eu contei que o cara te atacou.

Jenifer não teve coragem de repetir tudo o que Marcos havia dito, ainda mais agora que Stephanie estava parecendo uma verdadeira "galinha", com esse cabelo e com essa roupa.

Stephanie comia compulsivamente as batatinhas que acompanhavam o hambúrguer de Jenifer. Mantinha os olhos baixos.

55

– Não quero mais saber de moleque.

Como Jenifer estava com a boca cheia, Stephanie continuou falando.

– Tô com um cara mais velho. Superlegal... sei lá se superlegal, pra mim tá bom...

A Jenifer só ocorreu um pensamento: igual à Paulinha. Fez questão de continuar mastigando para não ter que falar nada. Estava curiosa, mas não tinha certeza se queria saber mais.

– E o que foi que ela contou pra você?

– Eu quase me engasguei com o sanduíche. Você não vai acreditar. Começou me contando que o pai da Paulinha ligou pra ela no dia seguinte da festa. O pai da Paulinha! Ligou pra pedir desculpas, pra dizer que tava puto com o Rei, você acredita? Disse que não aceitava de jeito nenhum um negócio desses na casa dele. Que o Rei era seu amigo, mas isso não era desculpa pra se comportar assim, mesmo que tenha sido porque bebeu além da conta.

Stephanie ouviu o pai de Paulinha sem interrompê-lo. O homem falava com uma voz forte e segura. Ao mesmo tempo, se mostrava carinhoso com ela. E Stephanie estava precisando muito de carinho.

– Stephanie, eu quero te propor uma coisa, filha, acho justo depois do que você passou. Você deve estar muito magoada e eu não quero que você guarde sentimentos negativos no teu coraçãozinho. Você é uma menina inteligente, bonita, querida e merece toda a alegria do mundo. Eu quero te encontrar pessoalmente e te dar um presente, pra você tirar dessa cabecinha a impressão ruim que o Rei deixou, tá bom?

No dia seguinte, terminadas as aulas, Stephanie ficou parada na esquina, a cinco quadras do portão da escola. Intuiu que poderia pegar mal ser apanhada na frente da escola por um homem com idade para ser seu pai e que todo mundo sabia que não era. Usava a saia azul do uniforme, como sempre, mais curta que a das colegas. Como sempre, também não usava sutiã, e os bicos dos seios apontavam, inocentemente desafiadores sob a camiseta. Em menos de dois minutos, a BMW azul do pai de Paulinha estacionou próximo a ela.

CAPÍTULO 11 - *Jenifer encontra Stephanie no shopping*

Ao afundar no assento de couro, escutando música, a primeira coisa que lhe veio à mente foi a noite da festa, quando Rei a levou para o carro. No entanto, ao encarar o sorriso amável do pai de Paulinha, buscou dissipar qualquer associação entre as circunstâncias.

— Que bom que você veio, Stephanie! Tudo bem?

Stephanie sorriu e balançou a cabeça, concordando. Ele propôs que tomassem um sorvete. Foram a um *shopping* e acomodaram-se, confortavelmente, nas cadeiras estofadas de uma sorveteria sofisticada. Stephanie havia percebido os olhares admirados que o carro despertava por onde passava. Chegava a sentir uma ponta de orgulho de estar sendo percebida como a filha de um homem rico. Fizeram a escolha dos sabores, pediram e, em poucos minutos, Stephanie ficaria encantada com a apresentação dos sorvetes que, além de deliciosos, eram servidos como verdadeiras joias.

— Stephanie, quero te dizer uma coisa que acho que vai fazer muito bem pro teu orgulho... Você é uma mulher muito bonita, elegante e charmosa. De verdade, não estou querendo te agradar. Na noite da festa, eu já tinha percebido isso. De todas as meninas, você era a que tinha se produzido com mais cuidado. Tanto que me lembro direitinho de como você estava vestida e das outras não me lembro de nada. Você me surpreendeu, compreende?

Stephanie ouvia com um sentimento que misturava satisfação do ego com um pé atrás, diante do que vivera com Rei. No entanto, vendo e ouvindo aquele homem, tão sério e tão natural, pai de uma menina da idade dela, procurava espantar qualquer juízo negativo.

Além disso, as coisas que ele falava faziam todo o sentido. O pai da Paulinha continuou:

— No dia seguinte, fiquei pensando. Como é mais fácil a vida dos meninos, Stephanie! Eles põem qualquer roupa e, tudo bem, nem ligam. As meninas têm que se produzir, têm que estar na moda e sempre bem arrumadas. Pelo menos as meninas como você, em que uma roupa sempre cai bem, em que uma roupa sensual tem tudo a ver, meninas com um corpo privilegiado, que sabem ficar ainda mais bonitas. E pensei no quanto isso custa caro...

STALIMIR VIEIRA

Nesse momento, Stephanie experimentou um leve aquecimento das faces, uma certa humilhação por pertencer a uma família de classe média baixa, que não podia oferecer à filha um guarda-roupa à altura de sua beleza.

– Eu sei como é caro porque, muitas vezes, deixo o meu cartão com a Paulinha pra ela comprar alguma coisa e depois vejo na fatura. Às vezes, até brigo com ela por gastar tanto, mas não tem jeito. É o preço para as meninas bonitas ficarem lindas. E as lindas como você ficarem irresistíveis.

O pai de Paulinha abriu um sorriso franco, simpático e amigável e Stephanie o acompanhou, sorrindo também. Inclusive, sentiu-se à vontade para acrescentar algo àquela conversa de adulto, que a obrigava a ter atenção redobrada.

– Ah, na verdade, eu não tenho muita coisa, só vou combinando de forma diferente.

O pai de Paulinha ouviu o comentário com muita atenção. Em seguida, desenvolto, chamou o garçom e pediu um café, perguntando antes se Stephanie queria café ou água. Ela não quis nada. O garçom afastou-se e ele voltou-se outra vez para Stephanie, olhando-a fixamente nos olhos.

– Stephanie, quero te dar um presente. Acho que você merece, pela garota que é espiritualmente e pela garota que é fisicamente. Eu sei que se sentir bem-vestida é muito importante pra você, te faz bem, sinto isso. E se você se sente bem fisicamente, vai se sentir bem psicologicamente, você compreende?

De repente, Stephanie foi invadida pela ansiedade, como alguém que está para receber um prêmio, mas ainda não sabe exatamente qual é. Seu coração acelerou e deixou escapar um sorriso que não disfarçava a curiosidade. O pai de Paulinha enfiou a mão no bolso de dentro do casaco e retirou um envelope, em que Stephanie fixou o olhar e não conseguiu mais desviá-lo até o homem voltar a falar.

– Stephanie, quero que você entenda que isso é um presente, tá bom? Aqui tem dinheiro suficiente pra você comprar as roupas que quiser, que você achar que fiquem melhores em você, e ninguém melhor do que você mesma pra escolher. Por isso, resolvi te dar o presente em dinheiro, porque eu não teria a capacidade que você tem pra escolher.

O pai de Paulinha estendeu-lhe o envelope no momento em que, atrás dele, o garçom chegava com o café. Stephanie ficou sem graça ao ser flagrada

58

CAPÍTULO 11 - *Jenifer encontra Stephanie no shopping*

recebendo um envelope que indicava ser de dinheiro de um homem mais velho, embora, à primeira vista, fosse apenas um envelope. Manteve as mãos afastadas até o garçom afastar-se. Estava confusa. Ao colocar as mãos sobre o envelope, sentiu a maciez das notas, mas ainda não se atrevia a recolhê-lo e guardar na mochila. Pressentia que, ao apanhá-lo e guardá-lo, estaria aceitando uma sentença imposta pela vida. Sentiu um aperto na garganta. Estava desconfortável com a emoção que fazia seus olhos se encherem de lágrimas. O pai de Paulinha disfarçou o olhar, dando atenção ao café que bebeu com gosto. Stephanie apertou os olhos com o polegar e o indicador e engoliu o pranto que a ameaçava. Com a outra mão, amarrotou o envelope contra o corpo.

— Pense apenas que você merece, filha...

— Tá me ouvindo, Jenifer?

Jenifer estava havia 20 minutos com a colher do sundae suspensa e o olhar vidrado na boca de Stephanie, anestesiada por sua narrativa, tragando suas palavras. A pergunta de Stephanie, em tom irritadiço, a trouxe de volta para a hamburgueria.

— Claro que tô, Stephanie.

Tava nada. Stephanie consultou o relógio.

— Vamos fazer uma coisa, vem comigo pro meu apartamento que eu te conto o resto.

— Você tem apartamento?

— É o apartamento onde a gente se encontra.

— A gente quem, Stephanie?

— Ai, Jenifer, fica fria, ele tá longe agora... eu vou te contar tudo... agora, vamos.

CAPÍTULO 12

Jenifer dorme com Paulinha

Sentada na cama, Jenifer ouvia o chuveiro banhando o corpo de Paulinha. Estava eufórica, feliz, encantada. Era a primeira vez que a amiga dormia em sua casa. E elas tinham tanto para conversar.

— *Você estava curiosa com a história do amante?*

— *Nossa! Como!*

— *A história te excitava?*

— *Muito. Eu não consegui pensar em outra coisa.*

— *E você gostava da ideia da Paulinha dormir perto de você?*

— *Sim. Eu botei um colchão do lado da minha cama.*

— *E ela tinha roupa pra dormir na sua casa?*

— *Tava calor. Eu emprestei uma calcinha e uma camiseta e ela dormiu com a minha calcinha.*

O perfume de uma Paulinha recém-banhada invadiu o quarto e acelerou o coração de Jenifer. Ela tinha deixado só o abajur ligado e, assim, na penumbra, observava a amiga enxugando os cabelos.

Paulinha agitava o corpo nu, fazendo movimentos firmes com a toalha. Jenifer observava aquelas linhas perfeitas, a pele lisinha, o desenho dos

CAPÍTULO 12 - *Jenifer dorme com Paulinha*

músculos das coxas que despontavam a cada vez que Paulinha apoiava-se em uma das pernas; os braços firmes, carnudos, a curva da cintura, a bunda empinada. Pensava que um homem estava desfrutando de toda aquela beleza. Um homem envolvia aquele corpo com total intimidade. Imaginava a amiga sendo tocada, acariciada, beijada, penetrada, gemendo nos braços do amante. Surpreendeu-se quando Paulinha ergueu os braços, num gesto brusco e, voltada para ela, envolveu os cabelos com uma toalha de rosto, fazendo uma espécie de touca. Tinha olhado para Jenifer tão de repente e tão fixamente que deu a impressão de ter adivinhado seus pensamentos. Paulinha vestiu a calcinha emprestada pela amiga e aproximou-se. Acomodou os joelhos sobre a cama, de frente para Jenifer. Abraçou sua cabeça. O tempo parou, enquanto Jenifer desfrutava no rosto a maciez daquela pele e aspirava o perfume mais delicado e envolvente que já sentira.

— Te dei um susto hoje, né, Jê?

Jenifer abraçou a cintura de Paulinha, que correspondeu ao gesto, encostando os lábios em seus cabelos. Jenifer não controlou o ímpeto de beijá-la quase sobre o bico do seio. Paulinha afastou-se.

— Você quer saber como foi a história, Jê?

— Claro que quero, né, Paulinha?

Paulinha deixou-se cair sobre o colchão. Jenifer também se recostou na cama, sem se cobrir, e apagou o abajur.

— O Rei é sócio do papai num negócio de carros importados.

Certa noite, Paulinha fazia a lição de casa, ainda vestindo o uniforme da escola, quando o pai chegou com o amigo. Rei acomodou-se no sofá, enquanto o outro foi buscar bebidas. Ela estava sentada junto à mesa de jantar, com uma das pernas dobrada sobre a cadeira. Com isso, deixava mais da metade da coxa exposta. Percebeu o olhar direto de Rei na sua perna.

— O que é que você está estudando, gatinha?

Paulinha voltou-se e viu o rosto do homem, muito próximo. Era um sujeito bonito, forte, perfumado.

— Ih, matemática, sou péssimo.

Ele fez o comentário e sorriu, enquanto tocava a nuca de Paulinha sob os cabelos.

— Você é linda, sabia?

Em seguida, afastou-se. O pai de Paulinha voltava à sala. Rei sentou-se outra vez no sofá, voltado para ela.

— Ele ficava olhando pra suas pernas?

— Direto, Jê. Nem disfarçava.

Paulinha perdeu a concentração. Ainda sentia na nuca a pressão forte e insinuante. Numa espiada, percebeu que Rei se sentara com as pernas abertas, exibindo o volume do pênis dentro da calça.

— Jê, aquele negócio me atraía, eu não queria olhar, mas olhava, tava morrendo de vergonha porque ele tinha notado que eu vi.

Jenifer conhecia aquela cena, desde o dia em que fora buscar a bola no quintal do vizinho. E excitava-se imaginando que Paulinha tinha sido penetrada por aquele negócio enorme.

— Paulinha... não te machucou?

A frase saiu automática. Perguntou e ficou estática. Depois de um instante de silêncio, ouviu Paulinha sorrir, aspirando pelo nariz.

— Jê, você quer ouvir a história inteira ou não?

— Claro que eu quero!

Paulinha juntou os livros e foi para o quarto. Estava perturbada. Passava a mão na nuca, onde Rei a havia pressionado. Em seguida, levava a mão às narinas e imaginava sentir o perfume dele. E passou a esfregar a mão pelos braços, pelas pernas. Queria impregnar-se daquele cheiro de homem. Parou em frente ao espelho. Buscava identificar o que atraía Rei. Deixou cair a saia. Imaginou ir assim até a sala, só de calcinha. Sentar-se no colo dele, apertar aquele volume com a bunda. Colocou a mão dentro da calcinha e suspirou fundo. Estava úmida.

— *O que você sentia, enquanto a Paulinha te contava isso?*

— *Comecei a ficar louca!*

— *É?*

— *Eu enxergava tudo, ali no escuro.*

— *O que te deu vontade de fazer?*

— *Queria trazer a Paulinha pra minha cama.*

CAPÍTULO 12 – *Jenifer dorme com Paulinha*

De repente, Paulinha silenciou. Jenifer voltou-se na direção da amiga.

– Que foi, Paulinha?

– Porra, preciso fumar, Jê!

– Mas o seu cigarro não acabou lá na praça?

– Eu roubei um da minha mãe, quando a gente voltou.

– Ih, Paulinha, então, abre a janela.

Paulinha ergueu-se do colchão, abriu as venezianas e uma luz suave pincelou seu corpo. Recostada na janela, acendeu o cigarro. Jenifer a admirava. Sua silhueta parecia uma obra de arte. Sentou-se na cama para apreciá-la melhor. Paulinha dava tragadas rápidas, expelia a fumaça e continuava falando, agitando as mãos.

– Aí, Jê, eu fui dormir com aquilo na cabeça. O pau do cara na cabeça. Não conseguia pegar no sono, tava morrendo de tesão. O cara muito mais velho do que eu! E eu não conseguia desligar dele! E aí, Jê, você nem sonha o que aconteceu.

Paulinha apagara o cigarro, fechara a janela e estava outra vez deitada no colchão. Novamente, a escuridão libertou a imaginação de Jenifer.

– No outro dia o cara apareceu lá em casa. Minha mãe tinha saído, eu tava sozinha. Eu vi que era ele e, em vez de dizer que o papai não tava e dispensar o cara, abri a porta pra ele entrar.

Rei entrou, fechou a porta e beijou-a na boca com sofreguidão. Ela sentiu o corpo amolecer, seus braços penderam indolentes ao longo do corpo, as pernas fraquejavam. Rei a amparava com uma das mãos e com a outra a trazia para junto dele. O beijo era molhado, quente, indecente, erótico, como ela sempre sonhara que fosse um beijo de verdade, de um homem numa mulher. A mão de Rei desceu por seu corpo, entrou por baixo da saia da escola e começou a apertar a bunda, demonstrando um desejo ardente, como ela, uma vez, imaginou que os homens demonstravam. Deixava-se apalpar, passivamente, como se fosse uma boneca.

– Abre a blusa.

A ordem foi assim, direta, da boca molhada do beijo e dos olhos azuis faiscantes de desejo. Paulinha tinha o rosto em brasa, os lábios lambuzados,

63

o peito arfante. Sem pensar em mais nada e sem tirar os olhos do rosto do homem, desabotoou a camisa da escola. Rei a encostou na parede e envolveu os seus seios com as duas mãos. Apesar de uma certa agressividade, Paulinha tinha certeza de que ele estava apenas atendendo a um desejo dela. Sentia que ele não tinha culpa sozinho, que fazia o que ela pedia, mesmo ela não dizendo, mesmo ela não entendendo claramente tudo aquilo. Tratava-se de uma ordem que vinha das profundezas do seu ser, do mais puro e selvagem instinto. Rei envolveu uma das pernas de Paulinha e a ergueu, enquanto se esfregava entre as coxas dela. Aquele volume de que ela não conseguira esquecer uma noite inteira, agora estava ali para ser sentido de verdade. Rei levantou Paulinha e a encaixou em sua cintura.

— Onde é a tua cama?

Paulinha agarrou-se nos braços dele. Rei subiu as escadas, passou em frente ao quarto dos pais dela e seguiu até identificar o enorme urso de pelúcia sobre uma cama. Deitou Paulinha e começou a beijar suas coxas. Em seguida, sua boca subiu. Afastou a calcinha e a língua afoita alcançou a vagina, o clitóris. Paulinha tentou juntar as pernas, mas ele a conteve e ela começou a gemer baixinho. Rei se pôs de joelhos, tendo diante de si Paulinha com as pernas abertas.

— Tira a calcinha.

Paulinha sabia que não podia pensar, que tinha que ser rápida, para que seus sonhos mais proibidos se realizassem ali, agora. Rei abriu a calça e retirou o pênis para fora. Deitou-se sobre Paulinha e, com os joelhos, afastou ainda mais suas coxas. Começou a forçar a penetração. Paulinha agitava o corpo, desesperada para que aquilo se consumasse logo. Entre gemidos de ambos, Rei penetrava Paulinha. Logo, os gemidos dela viraram gritinhos agudos, enquanto mergulhava num turbilhão de sensações, dores, prazeres, medos, ansiedade, culpa, desejo e tesão, muito tesão. Sentiu, quando Rei emitiu um suspiro profundo entre os dentes cerrados, que alguma coisa ficava dentro dela, viscosa e em quantidade.

— Jê! Tá ouvindo?

— Tô.

CAPÍTULO 12 – *Jenifer dorme com Paulinha*

– Tá com sono?

– Não. Continua.

– Mas eu tô. Agora que você já sabe tudo, vamos dormir, vai.

– Você transou com ele outra vez?

– Outra vez? A gente transava todas as tardes, Jê! Fiquei viciada.

Jenifer manteve os olhos arregalados na escuridão. Estava suada, arrepiava-se de desejo, duvidava que fosse conseguir dormir.

Virara escrava da história de Paulinha. Como a amiga, também tinha ficado viciada.

– O que você tava com vontade de fazer?

– Eu queria transar com a Paulinha.

– Mas ela era mulher como você.

– Eu sei, não é que eu fosse lésbica.

– Então?

– Eu queria o que ela tinha experimentado.

– A experiência com um homem?

– Isso, eu queria um homem, eu queria o Rei.

– Através do corpo dela?

– Sim.

– Porque você não tinha coragem de se entregar para um homem, é isso?

– Isso.

Ao despertar, sobressaltada, em algum momento, que não saberia precisar se meia hora depois ou já quase de manhã, num mundo obscuro, habitado por duendes e ninfas, banhado por salivas minerais e percorrido por mares revoltos de hormônios, num tempo e num lugar incertos, Jenifer permaneceu estática, diante do pavor de acordar Paulinha, completamente envolvida por seus braços e pernas. Coladas em seus seios, barriga, ventre e pernas, as costas, a bunda e as pernas da amiga, tudo unido pela umidade quente do suor. O perfume dos cabelos de Paulinha invadia suas narinas e Jenifer sentia o coração da amiga palpitando na mão com que envolvia o seio dela.

– O que você quer, Jê?

A voz era doce, infantil, delicada, como antigamente, quando eram amiguinhas que brincavam de boneca. E não foi acompanhada de nenhum movimento de represália, de nenhuma tentativa de desvencilhar-se. Jenifer chegou a pensar em fingir que dormia, mas estava envolvendo o corpo da amiga de maneira tão evidente, tão despudorada, que não havia disfarce possível a justificá-la, embora a escuridão e o silêncio mantivessem aquele momento na fronteira entre a fantasia e a realidade. Então, num sussurro, escapou-lhe a única palavra possível:

· – Nada.

Estranhou a própria voz que, na verdade, não saía da garganta, mas era expirada, quase em desespero, junto aos cabelos de Paulinha, como se o esforço que a sustentava minimamente lúcida tivesse esgotado todas as suas forças. Paulinha, num movimento leve do corpo, mas com o poder avassalador de um terremoto sobre o coração de Jenifer, aninhou-se ainda mais junto à amiga. Jenifer experimentou nesse momento a felicidade mais completa já vivida, de uma plenitude nunca imaginada, que alcançava cada pedacinho da pele e ocupava todos os espaços da sua mente. Seu peito arfava sobre as costas da amiga. Angustiava-se em saber que o tempo galopava. Temia pelo amanhecer. Ficaram assim, ouvindo apenas as cadências das respirações, por alguns minutos, quando, com delicada decisão, Paulinha desprendeu-se de Jenifer, voltou-se para ela e tornou a perguntar:

– O que você quer, Jê?

A pergunta, sussurrada, entrou por seus ouvidos e invadiu seus lábios, ao sentir a calidez do hálito de amiga. Na escuridão, pressentiu que bastaria um mínimo gesto para que suas bocas se tocassem. Não sabia o que responder, não havia palavra capaz de traduzir o estado em que se encontrava.

– Paulinha...

Tampouco sabia por que pronunciava o nome da amiga, se para pedir algo, talvez simplesmente para avisá-la, pois, em seguida, deixou o rosto escorregar até sentir em seus lábios a maciez e a umidade dos lábios de Paulinha. Não tinha certeza se beijava ou era beijada. Lábios, línguas, dentes, tudo se

CAPÍTULO 12 - *Jenifer dorme com Paulinha*

confundia, cumprindo o ritual de um desejo desesperado. Seu queixo e a ponta do seu nariz encharcavam-se com a saliva da amiga. Ouviu o ruído das bocas esfregando-se e o ar que saía forte das narinas. Paulinha começou a colocar o corpo sobre Jenifer.

— O que você quer, Jê?

— Eu quero que você faça comigo o que o Rei fez com você.

— Eu não posso, Jê, eu sou mulher.

— Faz o que você pode.

— Você é louca.

Paulinha usou os joelhos para abrir as penas de Jenifer, de maneira que pudesse encaixar seu ventre no dela. Os clitóris se tocaram. Jenifer teve um frêmito, soltou um gemido suspirado. Paulinha começou a dar beijinhos rápidos em seus lábios, enquanto movimentava a cintura sobre a amiga.

— Você é louca, Jê.

— Não para, Paulinha.

Jenifer erguia o corpo buscando pressionar ainda mais o clitóris contra o corpo de Paulinha. Queria mais beijos, procurava a boca da amiga, colocava as mãos dela sobre os seios. Paulinha quis levantar-se, mas Jenifer a conteve.

— Não, Paulinha, agora não... aperta, aperta... aperta, assim, que eu vou gozar...

Paulinha abraçou-a com força e comprimiu-lhe o ventre, enquanto Jenifer estremecia e gemia alto. Enfim, Paulinha desvencilhou-se, decidida.

— Você tá louca, Jê? Vai pra tua cama antes que a tua mãe venha aqui.

CAPÍTULO 13

Jenifer vai ao apartamento de Stephanie

– Olha, descolori.

Entre gemidos e queixumes, Stephanie havia tirado o *jeans* justíssimo e agora baixava a calcinha para mostrar a Jenifer os pelinhos alourados do púbis. Sentada na cama, Jenifer observava a prima, enquanto coçava os cotovelos.

– Você gosta, Jenifer?

– Sei lá, Stephanie, por que você descoloriu?

– Ah, porque os caras gostam.

– Que caras?

– Todos, ora!

Stephanie ajustou a calcinha, ergueu o corpo, pegou a prima pela mão e se encaminhou para a cozinha. O apartamento cheirava a novo e a uma mistura de xampu e sabonete. A cozinha tinha um balcão que servia de copa, com um banco de cada lado. Jenifer sentou-se e ficou observando a prima servindo um refrigerante.

– *Era inacreditável, ela tinha um corpaço.*

– *E tinha praticamente a sua idade.*

CAPÍTULO 13 - *Jenifer vai ao apartamento de Stephanie*

— *Um mulherão!*

— *Você sentiu inveja?*

— *Um pouco... perto dela eu era uma menininha babaca...*

A cabeleira loira agitava-se sobre as costas bronzeadas, a alcinha da camiseta teimava em escorregar do ombro para o braço. A calcinha preta, cavada, mostrava a pele sem nenhuma marquinha.

— Você toma sol pelada?

Stephanie voltou-se, com um sorriso luminoso.

— Todos os dias, na cama.

Quando Stephanie se aproximou, trazendo a bebida, Jenifer notou que seus seios, firmes e do tamanho de maçãs, balançavam com graça dentro da blusa. Ficou olhando para eles, enquanto Stephanie a servia, segurando os cabelos. De repente, percebeu que a prima a havia surpreendido no fascínio daquela observação.

— Você tem namorado, Jenifer?

— Não.

— Tem que arrumar um, senão... senão, você não cresce...

Stephanie falou a frase e soltou uma gargalhada, divertida com a própria conclusão. Em seguida, sentou-se à frente de Jenifer e recomeçou a história vivida com o pai de Paulinha.

— De repente, eu, euzinha, Jenifer, tava com uma grana na mão que nunca tinha imaginado. Pra comprar as roupas que eu quisesse!

Enquanto Stephanie narrava suas compras nas lojas do *shopping*, o pensamento de Jenifer vagava. Pensava na noite que passara com Paulinha, na necessidade que sentia da presença dela. Estaria viciada naquilo que viveram?

— *Eu me sentia perdida. Não tinha namorado, era virgem, mas tinha transado com uma amiga e agora sentia falta dela.*

— *Você estava apaixonada pela Paulinha?*

— *Acho que sim.*

Jenifer surpreendeu-se com o olhar fixo de Stephanie em seus olhos. Parecia contrariada, mas, em seguida, sentiu que não, a prima estava apenas curiosa.

— Você tá me ouvindo, Jenifer?

— Tô.

— Tá nada, você tá viajando. Tá pensando em algum cara?

— Não.

— Jenifer, você precisa arrumar um cara. Quer que eu te apresente um?

— Para com isso, Stephanie!

Haviam terminado de beber, e Stephanie voltou para o quarto, seguida por Jenifer. Sentaram-se na cama, de frente uma para a outra. Stephanie, desleixada, com as pernas afastadas. Jenifer, com os joelhos sob o queixo, abraçando as canelas. Escondia o corpo.

— Você tava com vergonha da Stephanie?

— Não sei se era vergonha ou se tava com um pouco de medo.

— Medo dela?

— Não sei se dela.

— É.

— Tava com medo de ficar com vontade de transar com ela também?

— É. Tava com medo de ter ficado viciada.

O corpo de Stephanie, tão próximo, transmitia uma onda poderosa de sensualidade, erotismo, quase indecência. A pele bronzeada, coberta de gotículas de suor, o *piercing* no umbigo, os peitos apontando, indiscretos, a calcinha mal escondendo os pelinhos descoloridos, a cabeleira loira que a todo momento ela fazia questão de esparramar sobre os ombros, eram imagens que encantavam e excitavam Jenifer.

— Na segunda-feira, o pai da Paulinha me ligou de novo. Perguntou se eu tava legal, se eu já tinha comprado as roupas e me convidou pra sair.

O carro já estava estacionado na esquina, quando Stephanie chegou. Atrasara porque tinha resolvido trocar de roupa no banheiro da escola. Ficou nua e vestiu a calcinha nova, vermelha, cavadíssima. Substituiu a saia azul da

CAPÍTULO 13 – *Jenifer vai ao apartamento de Stephanie*

escola por um *jeans* de grife, com a cintura bem baixa. Um *top* curto cobriu os seios delicadamente soltos. O homem abriu a porta e Stephanie afundou, outra vez, no assento de couro.

– Nossa, Stephanie, como você está linda!

Stephanie sorriu e cruzou as pernas, apertando as mãos entre elas. Fizeram o mesmo trajeto e acabaram na sorveteria do *shopping*.

– Jenifer, que horror, você acredita que veio na minha cabeça a ideia de que ia pegar mais uma grana?

– E ele te deu?

– Espera.

O pai de Paulinha pediu os dois sorvetes. Como da outra vez, estava de terno e gravata, muito elegante.

– Então, Stephanie, o que você andou comprando?

– Ah, muita coisa. Esse *jeans* que eu tô usando...

– Que, aliás, ficou perfeito em você.

– Ah, comprei duas minis, uma preta, de couro, um *shortinho jeans*...

– É? E ficou legal?

– O *shortinho*?

– Deve ter ficado, só imagino.

Os sorvetes chegaram e o pai de Paulinha esfregou as mãos, comemorando. Piscou para Stephanie, que sorriu.

– Stephanie, o que você vai fazer no fim de semana?

– Eu? Não sei.

– Pelo seguinte: eu vou pro Rio com a Paulinha na sexta, de carro. Você podia ir junto e fazer companhia pra ela.

– Pro Rio? Legal, vou falar com a minha mãe, se ela deixar, eu gostaria.

– Ótimo! A gente vai na sexta à noite e volta no domingo depois do almoço. Tá bom assim?

Stephanie acenou positivamente com a cabeça e seu coração se encheu de alegria. Desde pequena fantasiava essa cidade que nunca tivera a oportunidade de visitar. Não tinha muita intimidade com a Paulinha, mas, tudo bem, ela fora simpática ao convidá-la para a festa do seu aniversário.

– Não esquece do biquíni.

A recomendação divertida do pai de Paulinha fez Stephanie lembrar de que tinha mesmo que comprar um biquíni para a ocasião. Os biquínis que usava em casa de parentes, nas praias humildes que a família frequentava, não combinavam com a cidade que ditava a moda de praia. O homem parece que adivinhava seus pensamentos.

– Por que a gente não aproveita que tá aqui no *shopping* e vai agora comprar um biquíni pra você? Aliás, um não, pelo menos dois, já que a gente vai passar dois dias lá.

Como pai e filha, percorreram algumas lojas. Ela olhando, ele sugerindo.

– Essa tanguinha ia ficar ótima em você.

– Nossa, é muito pequena!

– Por que você não experimenta?

Stephanie tinha reparado no preço. Era cara. O pai de Paulinha separou duas cores e colocou em suas mãos.

– Vai provar.

Stephanie entrou no provador com um sentimento dúbio, de estar fazendo alguma coisa errada, mas, também, com a impressão de que a vida podia ser bem mais fácil, uma vida em que o caro poderia ser barato, ser de graça. Tirou a calça e vestiu a tanguinha. Voltou-se de costas para o espelho e viu uma bunda lisa, firme, empinada. Assustou-se, ao ouvir o pai de Paulinha.

– Stephanie, já tá pago. Espero você lá fora.

As palavras dele, acompanhadas da visão do próprio corpo, fizeram com que ela se sentisse uma mulher muito poderosa.

Stephanie, de repente, calou-se, respirou fundo e esticou os braços, num espreguiçamento gostoso. Jenifer havia recostado o corpo em dois travesseiros. Olhou o relógio.

– Stephanie, posso ligar pra minha mãe?

– Claro! Pergunta se você pode dormir comigo.

O coração de Jenifer acelerou e uma onda agressiva de prazer a golpeou na garganta e na boca do estômago. Pegou o telefone e ficou encarando a prima.

– Mas onde eu falo que a gente vai dormir?

– Sei lá, Jenifer, na casa do Pato Donald.

CAPÍTULO 14

Jenifer descobre que o muro caiu

Jenifer levou um choque ao chegar em casa e ver que o muro que dividia o terreno da sua casa com a casa de Rei estava no chão. Toda a intimidade do quintal vizinho estava exposta: a piscina onde caíra a bola, a porta onde Rei, com a toalha no pescoço, tentou abraçá-la. Com cuidado, aproximou-se da divisa entre os dois terrenos e espiou a janela do quarto que, imaginava, fosse o de Rei.

Surpreendida por uma empregada que veio bater um tapete, afastou-se. Ao entrar em casa, outro choque: Rei e sua mãe conversavam na sala. A mãe, vestindo um moletom e camiseta, de cara lavada e os cabelos soltos, estava à vontade demais para receber aquele homem. Rei, usando uma bermuda larga, camiseta justa e sandálias, também estava demasiadamente informal para estar na casa da vizinha casada.

– Mãe, cadê o papai?

A mãe não a tinha visto entrar e surpreendeu-se.

– Oi, filha!

– Oi, Jenifer, eu não disse que o muro ia cair?

Jenifer evitava encarar o vizinho.

— Cadê o papai, mãe?

— Viajou ontem, deixou um beijo.

Jenifer não sabia se permanecia ali, tomando conta da mãe, ou escapava o mais rápido possível do olhar de Rei. Resolveu ir para o quarto. Deitou-se de bruços junto à janela e ficou olhando o muro caído. Queria que seu pai estivesse em casa. Queria o pai mais perto dela. Pensou que nem ele nem a mãe sabiam de nada, que aquele homem tentou agarrá-la, que ela tivera sua primeira experiência sexual com uma amiga... De repente, teve sua atenção despertada para a imagem de Rei e sua mãe caminhando pelo jardim e parando diante dos escombros do muro. Rei ficou de cócoras e passou a pegar pedaços do muro e esfarelá-los entre os dedos. Em seguida, a mãe também se abaixou. Jenifer percebeu claramente quando a perna de Rei encostou na perna dela e, logo, suas cinturas e braços. Então, o homem falou alguma coisa e a mãe de Jenifer gargalhou, jogando a cabeça em seu ombro.

— Mãe!

O grito escapou num tom de pânico. Os dois se voltaram para ela e ficaram de pé.

— O que foi, Jenifer?

— Alguém me ligou?

Despediram-se. Rei foi para casa. Junto à janela do quarto de Jenifer, a mãe estancou, observando-a como se acabasse de lembrar de alguma coisa.

— O Marcos ligou.

Jenifer abriu a agenda e buscou o papelzinho amarrotado em que anotara o número que Stephanie lhe havia passado no dia seguinte à festa de Paulinha. Pegou o telefone, jogou-se na cama e começou a discar o número de Marcos.

— *Eu nem pensei direito no que estava fazendo.*

— *Você queria falar com ele?*

— *Não sabia se queria.*

— *Então, por que você estava ligando?*

— *Porque podia ser uma solução.*

— *Pra sua virgindade?*

CAPÍTULO 14 – *Jenifer descobre que o muro caiu*

– É.

– Você queria transar com ele?

– Não sei... na minha imaginação, sim... eu queria dar logo para alguém...

– Qualquer um?

– Não, eu não queria ser uma galinha que nem a Stephanie.

O telefone chamou até a ligação cair. Jenifer discava outra vez. E, outra vez, o sinal tocava até cair. Repetia o gesto, automaticamente, sentia a orelha aquecendo e o braço dormente. Nuvens de tempestade cobriram o céu e o quarto caiu numa agradável penumbra. Pela janela, entrava a brisa fresca e leve de um temporal ainda distante. Seu olhar fixava-se em algum ponto do teto que desaparecia lentamente.

– Oi, Jenifer. Eu tava no banho.

– No banho?

– Sim, eu tô pelado.

– Eu também.

– Tá com calor, Jenifer?

– Tô morrendo de calor.

– Tá nuazinha?

– Ahã, nuazinha.

– Aqui tá rolando um lance...

– Quê?

– Eu não tô conseguindo vestir a cueca.

– Por quê?

– Porque não tá cabendo.

– De tesão?

– Isso.

Jenifer despertou com o vento batendo a janela. O quarto estava escuro. Ao seu lado, o telefone dando sinal de ocupado; junto do travesseiro, o papel com o número de Marcos.

75

CAPÍTULO 15

Jenifer dorme com Stephanie

Quando a noite caiu completamente, as primas estavam na sala, recostadas em almofadas, ouvindo música. Stephanie continuava vestida apenas com sua calcinha preta e a blusa branca de alcinhas. Jenifer havia tirado o vestido e colocado uma camiseta folgada da prima. Stephanie havia servido um resto de champanhe e Jenifer estava um pouco mareada.

— Você não tá com fome, Jenifer?

— Mais ou menos, tô meio tonta.

— É o champanhe, a menininha não tá acostumada.

— Não enche, Stephanie!

— Vou fazer alguma coisa pra gente comer. Quer um sanduíche?

— Tudo bem.

— Ou a gente pede uma pizza?

— Legal, só que eu tô sem grana.

— Não esquenta, Jenifer.

Enquanto Stephanie ligava para a pizzaria, Jenifer passou a vasculhar o entorno. Abriu o estojinho sobre a mesa de centro e descobriu uma caixa de preservativos. Ao mexer numa pilha de revistas, se deu conta de que eram todas de sexo.

CAPÍTULO 15 - *Jenifer dorme com Stephanie*

– *Tudo o que eu tocava tinha a ver com sexo.*

– *Você ficou com medo?*

– *Com medo, não, só achei estranho, sei lá, exagerado.*

– *Você comentou com ela?*

– *Eu só disse: nossa, Stephanie, quanta revista de sexo!*

– *E ela?*

– *Ela falou: ih, aí dentro do armário tem uns filmes também, que ver?*

– *E você?*

– *Falei que queria.*

Stephanie ajoelhou-se ao lado de Jenifer e começou a buscar alguns DVDs no armário. O braço desnudo, rijo e quente da prima, de vez em quando roçava em seu rosto. Jenifer, nesses momentos, ajudada pelo efeito do champanhe, desfrutava do aroma e da textura daquela pele sedosa e bronzeada. Teve vontade de lambê-la, mordê-la. Alheia a tudo aquilo, Stephanie continua buscando um vídeo.

– Esse é legal, Jenifer. Não, não. Espera, tem um outro melhor aqui.

Os movimentos mais rápidos de Stephanie fizeram com que seu braço encostasse nos lábios de Jenifer. Jenifer, instintivamente, abriu a boca e estendeu a língua naquela pele cálida.

– Você tá com tesão por mim, Jenifer?

Manteve-se rija, de joelhos, ao lado de Stephanie, encarando-a com um olhar doce e seguro. A prima estendeu os braços, envolveu o seu rosto e a trouxe para seu colo. Em seguida, passou os dedos sobre os lábios de Jenifer.

– Jenifer! Você tá precisando de um namorado, mulher!

Jenifer concordava com movimentos de cabeça, sem afastar-se daquele corpo que a acolhia, tão amável, tão amigo e que vivera tantas histórias plenas de sensualidade. Apanhou a mão da prima e conduziu-a para o meio das pernas. Stephanie segurou sua mão.

– Jenifer, levanta, vai, vamos ver um filme desses pra ver se você aprende alguma coisa.

O interfone soou.

– Ih, a pizza!

Sozinha, recostada nas almofadas, na penumbra daquele ambiente estranho e, ao mesmo tempo, íntimo, que tanto podia ser um pedacinho do céu com todas as qualidades do céu, como bem podia ser um pedacinho do inferno com todas as qualidades do inferno, Jenifer experimentou uma paz interior como havia muito não sentia. Estava relaxada, livre e descompromissada. Pressentia que dispunha de tudo o que precisava para o prazer de seu corpo e de sua alma. Tinha adentrado um mundo proibido para crianças, exatamente por tão bom que esse mundo era. Um mundo deliciosamente arriscado, em que precisava ser apenas agente do seu instinto e deixar-se conduzir pelo que o destino lhe propusesse.

– Olha a pizza!

Stephanie entrou com a caixa de papelão e foi direto para a cozinha. Um aroma de queijo derretido invadiu o apartamento. Enquanto preparava os pratos, o vídeo que estava pausado começou a rodar. Nas imagens, um homem abraça uma mulher por trás e levanta o seu vestido. A câmera fechou nas mãos do homem no momento em que elas entram na calcinha e apertam a bunda com força. Jenifer arrepia-se. A mulher solta um gemido. Novo corte e agora a mulher volta o rosto em busca da boca do homem, que a beija no pescoço. Stephanie entrou com os pratos.

– Já começou? Putz, tô perdendo!

– Mas você já não viu?

– Já, mas eu adoro.

– Mas você assiste sozinha?

Sim, às vezes, e fico louca de tesão. E aí, eu coloco o dedo assim, ó, e fico mexendo... uma delícia...

Stephanie havia tirado o vestido e também a calcinha que usara para buscar a pizza. Estava completamente nua. Colocou os pratos sobre a mesa de centro. Jenifer assistia à movimentação daquele corpo como se estivesse sonhando, um pouco inebriada pelo champanhe, um pouco estimulada pelo tanto de sensualidade que a cercava.

– Posso fazer em você?

CAPÍTULO 15 - *Jenifer dorme com Stephanie*

Jenifer afastou as pernas desafiadoramente. Queria sim, que seu corpo que fora de Paulinha, ganhasse uma nova experiência. Stephanie percebeu, na reação da prima, a ânsia que ela tinha de ser tocada. Deitou-se de lado no tapete e trouxe o corpo dela para bem perto. Escorregou a mão lentamente pela barriga de Jenifer, pelo ventre, até os dedos entrarem na calcinha. Baixou mais, buscando o clitóris da prima e logo começou a massageá-lo com suavidade. Jenifer estremecia e fechou as pernas num movimento brusco. Stephanie sorriu.

– Você continua virgem, Jenifer?

– Sim.

– Nunca teve ninguém?

– Não.

– Nem homem nem mulher?

– Não.

Jenifer experimentou um prazer perverso em mentir. Era o seu jeito de ser mais do que a prima em alguma coisa num lugar e num momento em que Stephanie reinava absoluta. Embalada pela coragem que mentir deu a ela, Jenifer cedeu ao ímpeto de também buscar a intimidade da prima.

– E você, Stephanie?

– Eu o quê?

– Já transou com alguma mulher?

– Já.

Stephanie retirou a mão de dentro da calcinha de Jenifer e levou os dedos aos lábios, encarando-a. Em seguida, buscou com os mesmos dedos os lábios de Jenifer. Jenifer sentiu a umidade e experimentou o prazer de misturar sua saliva com a de Stephanie, e ambas com a umidade de seu sexo. Então, ela mesma levou a mão da prima outra vez para dentro da calcinha.

– A pizza vai esfriar, sua tarada.

– Não faz mal, Stephanie.

A voz saiu num sussurro, acompanhado de um olhar mortiço e revelador de que dependia dos movimentos regulares e carinhosos daqueles dedos molhados para sentir-se bem.

79

—Nossa, Jenifer, como você é quente! Coitado do cara que namorar você!

Jenifer percebeu que a prima também estava excitada. E flertou com a sensação de, pelo menos naquele momento, assumir o controle da relação. Voltou o corpo inteiro para Stephanie e a fez deitar-se completamente.

— Jenifer, para com isso, olha a pizza!

Jenifer começou a beijar os seios de Stephanie, pensando em quantos homens gostariam de estar fazendo isso naquele momento. Beijando os biquinhos daqueles peitos de menina, daquela menina perfeita, ardente, de pele sedosa e coberta pelo erotismo de um bronzeado completo. Imaginava Stephanie na cama, nua, tomando sol. À medida que a lambia, fantasiava ser um raio de sol aquecendo aquele corpo.

— O que você pensava, tendo outra mulher na sua vida?

— Curtia. Afinal, era o jeito que eu conhecia.

— Mas você não sentia falta de homem?

— Muita. Tudo o que eu queria era um cara dentro de mim, mas eu não tinha, só tinha elas, que eles comiam, então...

— Então, o quê?

— Sei lá.

Stephanie era um mulherão. Não foi rápido para Jenifer preenchê-la inteira com a umidade da sua boca.

— Jenifer, posso te algemar?

— Quê?!

— Deixa, você vai curtir.

— Pra quê, Jenifer?

— Vem que eu te mostro.

Voltaram para o quarto e Jenifer jogou-se sobre aqueles lençóis macios, enquanto Stephanie, ansiosa, tratava de baixar a luz do abajur e apanhar as algemas no armário. Jenifer se sentia bem por ter excitado a prima.

— Tcham, tcham!

CAPÍTULO 15 - *Jenifer dorme com Stephanie*

Fazendo cara de má, Stephanie exibia as algemas. Num movimento rápido, acomodou-se sobre o corpo de Jenifer, sentou-se sobre seu ventre e apertou sua cintura com os joelhos.

— Vamos ver se você é tarada mesmo!

Jenifer pressentiu que a situação começava a inverter-se. O corpo da prima pegava fogo, estava encharcado de suor. Stephanie tomou seu pulso e a algemou na cama. Em seguida, fez o mesmo com o outro. Com os braços abertos, presa, Jenifer observou que Stephanie parecia em transe. Parecia um viciado a segundos de satisfazer o vício. Stephanie, ainda montada sobre ela, afastou as pernas e começou a esfregar o sexo em seu corpo. Jenifer sentia a pele lambuzar. Aos poucos, Stephanie aproximou-se de seu rosto e Jenifer começou a sentir nas faces a onda de calor que vinha do meio das pernas de Stephanie. Em seguida, o roçar dos pelos no queixo, na boca e no nariz.

— Aprende, cadelinha...

Jenifer chocou-se com a expressão, mas não teve tempo de reagir, pois Stephanie já esfregava, impetuosamente, o clitóris em seus lábios.

— Porra, Jenifer, passa a língua!

Jenifer nem acreditou na rapidez com que obedeceu à ordem. E sentiu, pela primeira vez, o sabor da intimidade de uma mulher. Deparou-se com os dedos de Stephanie orientando, afoitamente, sua língua a um determinado ponto e daí impedindo que ela se afastasse.

— Ai, Jenifer, como você é putinha...

Jenifer dividia-se entre o choque de ser chamada de putinha e o prazer de exercer tamanho poder sobre o tesão de uma mulher como aquela, sensual, atraente, sedutora, objeto do desejo dos homens, dispostos a sustentá-la e que, ali e agora, era toda sua. Jenifer gostava da ideia de estar traindo o pai de Paulinha. A ele, que nem imaginava, que Paulinha também era sua. Era tudo muito diferente. Enquanto pensava, Jenifer lambia, determinada, o clitóris de Stephanie.

— Assim, Jenifer, assim... meu Deus, que loucura, como eu te quero...

Percebeu que a prima gozara. Molhara até o travesseiro. Lentamente, Stephanie começou a afastar o corpo do rosto de Jenifer, tomando o cuidado de acariciar seu rosto, grata por um orgasmo tão gostoso.

— Jenifer, você podia ficar rica!

— Por quê?

— Sabe quanto eu cobro pra fazer isso numa mulher?

Jenifer deixou pender o rosto para o lado, com os olhos bem abertos, enquanto a prima soltava as algemas. A frase de Stephanie fora como que o último peso que faltava ser acomodado sobre sua alma para que compreendesse que a vida não era mesmo para ser compreendida.

CAPÍTULO 16

Jenifer vê Paulinha com Rei

Ao abrir os olhos, a primeira coisa que Jenifer fez foi procurar Paulinha ao lado da sua cama. Não estavam mais nem Paulinha nem o colchão. Jenifer praticamente deu um pulo para o chão, como uma criança que, de repente, se percebe abandonada. Correu pela casa. Ninguém. A cozinha arrumada, as janelas da sala ainda fechadas. Tudo aumentava o seu sentimento de abandono. Que horas seriam? Voltou à cozinha, olhou o relógio na parede. Nove horas. Não entendia a solidão, o silêncio. Voltou para o quarto e abriu a janela. Lá fora, um sol radiante brilhava nas águas da piscina, convidando para um mergulho. Pensou que, enfim, talvez fosse a melhor coisa a fazer depois de uma noite agitada por emoções tão confusas. Colocou o biquíni, prendeu os cabelos com um elástico e desceu as escadas. Molhava a ponta do pé, experimentando a temperatura da água, quando foi assaltada por uma ideia que lhe pareceu absolutamente óbvia.

— *Eu tive certeza de que a Paulinha estava ali, ao lado, na casa do Rei, que tinha ido direto da minha casa pra casa dele.*

— *E o que você sentiu?*

— *Uma vontade louca de espiar.*

— *E você foi?*

83

Confirmando seu pressentimento, vozes vinham da casa. Recostando-se no que restava de pé do muro, apurou o ouvido. Tinha certeza de que escutara a voz exaltada de Paulinha e, mais abafada, a voz dele. Observou que a porta dos fundos estava aberta. Certamente, Paulinha entrara por ali, não precisara nem tocar a campainha.

– ... aquela vagabunda!

Chocada, viu Paulinha chegar à janela e jogar o resto de cigarro para baixo, falando alto, com raiva. Claro que falava de Stephanie! Quando viu Paulinha voltar para o interior do quarto, Jenifer, sem pensar, cruzou o terreno. Ao chegar à cozinha da casa de Rei, não acreditava em si mesma nem no que estava fazendo. Sentiu o corpo anestesiar-se de pavor. Mas continuou, numa vontade desesperada de ver os dois juntos. Entrou na sala, caminhou determinada até o pé da escada. Ao perceber de onde vinham as vozes, começou a subir os degraus com cuidado. No corredor, uma porta recostada. Estavam ali.

Sentia-se como um caçador que não queria, por nada deste mundo, por mais risco que corresse, perder a caça que estava na sua mira. Aproximou-se, com o coração galopando na garganta, sem sentir as próprias pernas que, autônomas, a levavam para junto daquela porta.

– Essa mina é uma babaquinha!

– Não fala assim! Ela é a minha melhor amiga, e me contou isso por ser minha melhor amiga!

Jenifer estava paralisada. Chegara bem na hora em que ela tinha virado o assunto da discussão. Não tinha certeza se estava sendo traída por Paulinha ou se, no fundo, a amiga estava apenas fazendo o que desejava mesmo que ela fizesse: desmascarar aquele cara.

– Para, Paula! Tá louca?

A voz de Rei era possante, determinada e estava acompanhada de ruídos estalados de tapas. De repente, a porta foi fechada com estrondo. Jenifer correu de volta para a escada, mas não desceu. Voltou a aproximar-se do quarto. Não conseguia mais compreender o que as vozes diziam. Mas parecia que estavam mais calmos. Tomou fôlego e abaixou-se diante do buraco da fechadura.

CAPÍTULO 16 - *Jenifer vê Paulinha com Rei*

— *Eu via a cama, eu via os dois em cima da cama. Ele, só com aquele maldito short preto; ela, só de calcinha e camiseta, e estavam se beijando.*

— *O que você sentiu?*

— *Era uma mistura de coisas.*

— *Você estava com ciúme?*

— *Sim, mas eu também queria que eles continuassem; eu queria ver Rei comer a Paulinha.*

Viu perfeitamente quando Rei estendeu-se sobre a cama e Paulinha se deitou sobre o corpo dele. Chamou sua atenção a calcinha da amiga entrando na bunda; e então deu-se conta de que era a sua calcinha, a calcinha que tinha emprestado para Paulinha na noite passada. A sua calcinha roçando no pau dele. Levou as mãos para o meio das pernas e apertou o sexo. A bunda de Paulinha empinava à medida que ela baixava o rosto aproximando-se do corpo do homem. Em seguida, percebeu que Rei colocou a mão sobre a cabeça dela e empurrou. Jenifer sabia o que ele queria. Paulinha resistia.

— Para, Rei, não empurra!

Rei começou a tirar o *short*. Jenifer viu quando ele segurou o pênis, ficou de pé e tentava alcançar o rosto dela.

— *Eu queria que ela deixasse.*

— *Você queria que ela chupasse o pau dele?*

— *Queria muito.*

Fechou os olhos, e quando os abriu outra vez, teve a realização do seu desejo escancarada à sua frente: Paulinha lambendo o pênis enorme de Rei, enfiando a cabeça na boca, massageando-o, voltando a lamber. Ofegante, Jenifer ficou de joelhos e abriu as pernas.

— *Eu tava com muito tesão.*

— *Por ele ou por ela?*

— *Sei lá, pelo que eu tava vendo.*

85

Rei colocou sua mão sobre a mão de Paulinha, que envolvia o pênis, e começou a movimentá-la com força. Paulinha deixava que ele lhe penetrasse a boca em movimentos alternados e que lhe golpeasse as faces, a boca e o queixo com o pau. Paulinha tinha os olhos fechados e às vezes crispava o rosto. Jenifer imaginava porque ela fazia isso. Devia lembrar-se do que havia contado para ela sobre a experiência de Stephanie com Rei, quando ele gozou sobre seus seios, seu pescoço e seu queixo. Jenifer jurou que nunca deixaria um homem fazer aquilo com ela. Mas naquele momento queria que Paulinha deixasse Rei derramar sua porra sobre o rosto, dentro da boca, que engolisse e desse a ela, Jenifer, através de seu corpo, o prazer dessa fantasia proibida.

– Abre a boca, porra!

O grito ofegante de Rei a despertou daquela letargia e ela viu, perfeitamente, o jorro de esperma que banhou a face de Paulinha. Em seguida, outro jato que se entranhou nos cabelos. E mais um, que cobriu uma pálpebra. E outro, ainda, sobre os lábios e o queixo. Jenifer respirava pela boca aberta, como um peixe recém-pescado e abandonado no fundo de um balde. Ao aspirar, prensava o peito na porta. Suas mãos espalmadas comprimiam-se no meio das pernas. Num impulso, levantou, correu, desceu as escadas, atravessou o pátio, entrou em casa, foi para o quarto e jogou-se na cama de bruços, eufórica.

CAPÍTULO 17
Jenifer sai com Marcos

— Você ligou para o menino?

— Que menino, mãe?

— Não é Marcos?

— Não, mãe, não liguei.

— Por quê?

— Porque acabei dormindo... e até sonhei que tinha ligado.

A mãe retirava os pratos do jantar, enquanto Jenifer terminava seu suco.

— Mãe, eu não gosto que você fique falando com esse cara.

— Que cara?

— O vizinho.

— Por que, Jenifer?

A mãe interrompera o que estava fazendo e aproximou-se, fixada nos olhos de Jenifer.

— Porque esse cara é tarado, mãe.

A mãe mantinha um olhar de fria curiosidade, como se não estivesse falando com sua filha, mas com uma outra mulher de quem suspeitasse.

— Por que você está falando isso, Jenifer?

Jenifer sentiu-se numa enrascada, não sabia como terminar o que havia começado, embora seus argumentos fossem verdadeiros e a informação necessária para a segurança de ambas.

— Mãe, esse cara quis me agarrar uma vez, quando eu fui buscar a bola no quintal dele.

A mãe aproximou-se ainda mais e pegou o braço de Jenifer com força.

— Ele agarrou você, Jenifer?

Jenifer estava assustada, a mãe parecia com raiva dela, em vez de ficar furiosa com Rei. Começou a coçar os cotovelos, sentindo a pressão dos dedos da mãe.

— Para, mãe! Tá me machucando!

O olhar da mulher continuava duro, inquiridor.

— Ele agarrou você, Jenifer?

— Não sei, mãe, tentou... acho que queria... não sei, parecia.

A mãe soltou seu braço, quase empurrando-a, num gesto de desprezo e deu-lhe as costas.

— Me deixa em paz, Jenifer! Vai pro teu quarto!

Jenifer sentiu os olhos encharcarem e juntou as mãos à boca. No quarto, soluçou com o rosto afundado no travesseiro.

— No que você pensava?

— Que eu tava sozinha no mundo.

— Por quê?

— Porque eu não tinha pai, ele vivia viajando, e agora tinha perdido a minha mãe.

— E a Paulinha tinha voltado pro Rei.

— Sim.

Como quem procura desesperadamente um medicamento, Jenifer vasculhou a bolsa atrás do telefone de Marcos.

— Oi.

— Marcos?

— É ele.

Jenifer esforçava-se para que a voz não soasse triste.

— É a Jenifer.

— Fala, meu!

CAPÍTULO 17 - *Jenifer sai com Marcos*

– Tudo bem?

– Beleza. Que você tá fazendo?

– Eu? Nada.

– Então, vamos numa festa. Beleza?

– Onde, Marcos?

– Não interessa, eu te pego às dez.

– Marcos... eu...

– Passo aí, beijo.

Desligou. Jenifer queria dizer a ele que não estava com cabeça para festas, que precisava apenas de um amigo para conversar. Abriu o guarda-roupa, escolheu uma calça discreta e uma blusa. E foi tomar um banho demorado. Um banho que a dissolvesse e a fizesse escorrer pelo ralo para nunca mais ser encontrada.

– Eu não tava com um pingo de vontade de ir.

– Nem de parecer sexy?

– Nada. Eu preferia que ele não viesse.

– Zero vontade?

– Sem o menor pique.

– Mesmo sabendo que ia ter o cara pra você?

– Mesmo assim. Até fiquei achando que estava preferindo mulher.

– E não tava?

– Acho que não.

Às dez e vinte, Jenifer ouviu a buzina do carro de Marcos.

Despediu-se da mãe.

– Jenifer, espera!

– O que, mãe?

– Leva a chave.

Jenifer sentiu que o pedido a empurrava um pouco mais para longe da mãe e aumentava o peso da sua solidão. Pegou a chave que estava na fechadura, bateu a porta e foi ao encontro de Marcos.

89

STALIMIR VIEIRA

— Fala aí, mulher!

Marcos estava eufórico. Abraçou-a de um jeito bruto e sacudiu-a como se fosse uma boneca de pano.

— Ui, Marcos, cuidado!

O rapaz soltou-a de repente, com uma gargalhada desproporcional. Acionou o motor e começaram a rodar. Ligou o som e a música explodiu dentro do carro. Jenifer fez uma careta e protegeu os ouvidos. Marcos, entre fungados, começou a se balançar e fazer o carro andar em ziguezague. Jenifer chegou a pensar em pedir que a levasse de volta, mas não havia a menor chance de ser ouvida. Fechou os olhos e rezou.

— Beleeeeeeezaaa...

O comentário a despertou. Abriu os olhos e viu uma rua repleta de mansões. Em frente a uma delas, uma aglomeração de rapazes e garotas, carros estacionados de qualquer jeito, em fila dupla, sobre a calçada. Ao se aproximarem, um garoto bateu no vidro com uma lata de cerveja. Marcos abriu a janela.

— Fala, Du, beleza?

— Beleza, Marcão?

Jenifer mantinha um sorriso pálido, e seu coração acelerado denunciava um certo medo daquele ambiente. O clima estava pesado. Agora, além do som em alto volume do carro de Marcos, havia as músicas provenientes de outros carros. E as gargalhadas e os gritos, os palavrões e os assovios agudíssimos. Marcos continuou dirigindo devagar, procurando uma vaga para estacionar. Parou, desligou o motor e a música silenciou. Jenifer experimentou um alívio enorme e não quis perder a oportunidade.

— Marcos, eu quero ir embora.

O rapaz a encarou com uma expressão que misturava estranheza e deboche, com um brilho exagerado nos olhos e fungadas curtas. Na pouca luz que havia ali, pareceu que o rosto de Marcos estava demasiadamente vincado para a sua idade.

— Tá louca, mulher? A gente acabou de chegar!

Marcos saiu do carro, bateu a porta, deu a volta a passos firmes, abriu a porta do lado de Jenifer e puxou-a decidido para fora. Ela sentiu-se agredida

CAPÍTULO 17 – *Jenifer sai com Marcos*

e protegeu o corpo com a bolsa. Marcos empurrou-a suavemente contra o carro, encarando-a:

– Qual é, Jenifer?

Ele colocara os dois braços sobre a lataria, acima da cabeça dela e, praticamente, encostou seu rosto no de Jenifer. Jenifer baixou a cabeça.

– Marcos, eu não tô legal. Eu te liguei só pra gente conversar, mas você tá em outra.

– Tá, tá, tá, tá, entendi. A gente vai conversar, mas primeiro vamos dar uma passadinha na festa, vai te fazer bem.

Começou a passar a ponta dos dedos nos cabelos dela. Agora, parecia carinhoso para alívio de Jenifer. Mas não parava de balançar as pernas. E falou alto.

– Jenifer, eu sou o Marcos, porra! O Mar...

Nesse momento, a atenção de ambos foi desviada para a aproximação de três rapazes. Eram bastante atléticos e usavam camisetas que realçavam seus músculos.

– Aí, Marcos, beleza, mano?

Marcos afastou-se de Jenifer e golpeou o punho fechado nos punhos fechados dos rapazes.

– Fala aí, Cezão!

– O que é que tá pegando, mano?

– Tá tudo beleza!

O rapaz, a quem Marcos havia chamado de Cezão, trazia um cigarro de maconha e ofereceu-lhe. Marcos pegou o cigarro, afastou-se e, de costas para Jenifer, deu uma tragada.

– A mina tá regulando a parada?

– Deixa pra lá, Cezão, é lance meu.

– Mas tu é meu *brother*. Firmeza?

– Firmeza, mano!

Jenifer começou a coçar os cotovelos e os antebraços. Não conseguia entender como havia se metido naquela situação, naquele ambiente. Meia hora atrás, estava em seu quarto, e, apesar de só, em segurança. Olhou o

91

entorno e calculou as chances de sair dali correndo. Os outros dois rapazes recostaram-se no carro, um de cada lado de Jenifer. O da direita a cutucou e ofereceu-lhe um cigarro de maconha. Jenifer sorriu, humilde, agradeceu e não pegou. Marcos aproximou-se.

– Aí, mano, na boa, a mina tá comigo.

Cezão também tinha se aproximado e Jenifer percebeu o sarcasmo na expressão dos três. Continuaram fumando o baseado. Marcos estalava os dedos e Jenifer mantinha a cabeça baixa. De repente, todos tiveram a atenção chamada para um casal que se aproximava. Vinham abraçados, e a mulher, cambaleante, soltava gritinhos histéricos.

– Essa mina tá xarope, tomou todas.

– Eu vou meter porrada nesses dois se vierem zoar aqui, tá ligado?

A mulher era alta e loira. Usava um vestido preto e longo que desenhava um corpo atraente. Ao chegar junto ao grupo, percorreu a todos com um olhar insinuante.

– Aí, quem é que tá com a parada?

A voz dela era melosa e inconveniente. Baixou um silêncio gelado. Marcos e Jenifer se encararam, enquanto os outros rapazes desviavam o olhar para lugar nenhum. O rapaz que estava com a mulher estendeu o punho fechado com o cumprimento. Só Marcos correspondeu. Jenifer, diante das circunstâncias, sentia-se mais aliviada em saber que alguém ali incomodava mais do que ela.

O cigarro de maconha voltou a circular. E a voz desagradável ecoou outra vez.

– E aí? E aí? Eu não tô nessa parada?

A mulher loira avançava sobre o rapaz que segurava o cigarro.

– Vamos embora, Letícia!

Seu acompanhante, que também estava alto, demonstrava, pelo menos, um pouco mais de equilíbrio.

– Qual é? É grana? Tá aqui, então, ó!

Ela abrira a bolsa e começara a tirar notas e jogar no chão. Cezão se aproximou do casal.

CAPÍTULO 17 - *Jenifer sai com Marcos*

— Aí, não vai zoar aqui não, tá ligado?

— Qual é, sai fora, moleque...

O corpo da mulher quase encostava no de Cezinha.

— Tá falando muita merda, mina!

Os amigos de Cezão também se aproximaram do casal. Marcos juntou-se a Jenifer.

— Entra no carro!

Jenifer não pensou duas vezes. Abriu a porta com cuidado e se acomodou no assento. Ainda não tinha fechado a porta, quando ouviu o estalo de um tapa e o grito da mulher.

— Vai se foder, filho da puta!

— Para, Letícia, para!

Jenifer fechou os olhos. Em seguida, ouviu a pancada na lataria.

Abriu os olhos e viu pelo retrovisor o momento em que a mulher levantava o rosto ensanguentado. Aflita, procurou Marcos, voltando a cabeça de um lado para outro.

— Aprende a respeitar os manos, vagabunda!

A voz que vinha do grupo era calma e fria. Jenifer espiou o espelho outra vez. Um dos homens puxava a mulher pelos cabelos. Ela parecia desmaiada. Jenifer sentiu um profundo alívio quando Marcos entrou no carro, muito sério, e bateu a porta.

— Vamos embora que o bicho tá pegando.

— Que bom que você tá aqui comigo!

CAPÍTULO 18

Jenifer fica sabendo mais sobre Stephanie e o pai de Paulinha

A luz era rósea e delicada; e a cama, macia e quente. A temperatura perfeita. Jenifer, deitada de bruços, não tinha coragem de mover-se, temia quebrar o encanto daquele momento. Arqueou as sobrancelhas e viu Stephanie, sorridente, segurando uma bandeja.

— Suquinho de laranja, frutinha, café, serviço cinco estrelas, só pra quem merece.

Jenifer sentou-se na cama, Stephanie colocou um travesseiro no seu colo e, em seguida, a bandeja. Jenifer pensou em beijá-la, mas desistiu. Não queria confundir aquele momento com qualquer outro sentimento que não fosse uma profunda gratidão.

— Eu tava contando e você apagou... Parecia um anjinho, mas eu não me aproveitei, viu?

— Pode recomeçar a história.

Com quase duas horas de atraso, já no escuro e debaixo de chuva, o carro do pai de Paulinha estacionou em frente ao prédio de Stephanie. Ela, que já esperava na janela havia um bom tempo, apanhou a mochila, beijou a mãe e desceu rápido. Ao chegar à calçada, diante da BMW encharcada, percebeu que a porta dianteira já estava aberta para ela.

CAPÍTULO 18 – *Jenifer fica sabendo mais sobre Stephanie e o pai de Paulinha*

– Cadê a Paulinha?

– Ah, Stephanie, entra, já conto pra você. É maluca, em cima da hora resolveu ficar.

Stephanie travou. Tinha colocado a mochila sobre o assento do carro e sentia as gotas grossas e geladas da chuva em suas costas.

– Fique à vontade, filha, se não quiser ir mais.

A chuva atravessava a blusa, provocando calafrios. Passou a mochila para o banco de trás e entrou no carro.

– Vamos nessa!

– Tem certeza, Stephanie?

Enxugando o pescoço com a mão, voltou-se para o pai de Paulinha e concordou com a cabeça. A temperatura dentro do carro era agradável, o perfume do homem era agradável, a música era agradável, a perspectiva de conhecer o Rio era agradável. Stephanie sentia-se plenamente confortável com aquela decisão.

– Você manda no som, Stephanie. Temos um longo caminho pela frente.

A chuva aumentara. À saída da cidade, logo no início da rodovia, uma espessa cortina de água banhava o para-brisa, dificultando a visibilidade, mesmo estando o limpador na velocidade máxima. Stephanie tinha optado por uma música romântica, sem pensar muito no motivo.

– Meu Deus, como tá isso!

O pai de Paulinha dirigia com extrema cautela. À frente, a todo momento, brilhavam luzes de freio. A música suave e a segurança dos movimentos daquele homem que, na penumbra, parecia mais jovem e mais bonito, provocavam Stephanie. Fantasiou o gesto de acariciar-lhe os cabelos, como faziam as mulheres apaixonadas, enquanto seus homens conduziam seus destinos. O pai de Paulinha, parece que adivinhando seus pensamentos, bateu levemente a palma da mão na perna de Stephanie.

– Não se preocupe, vamos chegar bem!

O tráfego, a cada momento, se tornava mais complicado, com frequentes freadas bruscas, além dos que forçavam passagem apesar da baixa visibilidade. Stephanie fixou o olhar na luminosidade de um vermelho intenso que provinha da fachada de um motel. Pensou que nem sequer num hotel tinha entrado até hoje. De repente, o trânsito parou completamente. A chuva tornara-se ainda mais intensa. Relâmpagos iluminavam o céu, acompanhados por trovoadas assustadoras. O pai de Paulinha desligou a música e procurou sintonizar alguma emissora de rádio. Pela primeira vez, pareceu estar verdadeiramente preocupado.

– Eu nunca vi nada assim!

A luz escarlate do motel invadiu o carro, criando uma atmosfera fantasiosa e despertando em Stephanie uma excitante curiosidade. Um raio iluminou completamente a estrada à frente e, em seguida, um estrondo fez estremecer o chão. Nada mais andava. Os relâmpagos e os trovões se sucediam, enquanto a água cascateava sobre o carro. A rádio saiu do ar e o pai de Paulinha tomou uma decisão.

– É melhor a gente ficar por aqui mesmo hoje.

Virou a direção para a direita, fez uma pequena manobra e entrou no motel. Stephanie não teve tempo de avaliar a nova circunstância, porque uma enxurrada que desceu pela encosta arrastou o carro que vinha logo atrás, cujo motorista também tentara se refugiar no motel.

– Veja aí uma suíte, porque não vai dar para continuar.

A recepcionista estendeu a mão com a chave. O carro começou a rodar pelo caminho de paralelepípedos, envolto na penumbra, sob uma chuva grossa.

– A gente escapou por pouco, Stephanie.

Nas laterais do percurso, ela notou postes com luzinhas débeis, demarcando o número das suítes. Ocorreu-lhe que parecia um trem fantasma. Mantinha o olhar atento para a possibilidade de alguma surpresa naquele ambiente proibido para meninas como ela. Apertava as mãos e cravava as unhas nas palmas. Foi ficando nervosa, intimamente inquieta. Passava do encantamento para o receio. A excitação se transformava em medo. O pai de Paulinha conduziu o carro à direita e entrou na garagem da suíte. Chamou a atenção de Jenifer o portão começar a fechar-se atrás do carro. Com o rosto voltado, viu encerrar-se a última fresta que a ligava ao mundo anterior.

CAPÍTULO 18 - *Jenifer fica sabendo mais sobre Stephanie e o pai de Paulinha*

— Se Deus quiser, daqui a pouco essa chuva passa e a gente segue viagem, certo?

O pai de Paulinha olhava para Stephanie com uma expressão aliviada e divertida. Abriu a porta com decidida simplicidade.

— Agora vamos tratar de ver que cara tem isso aqui.

Stephanie não respondeu. Com expressão séria e abraçada na mochila, saiu do carro assim que ele abriu sua porta. Stephanie espiou outra vez o portão da garagem fechado. O homem já seguia à frente, ingressando numa escada de acesso em curva. Ela o seguiu, pensando que não tinha alternativa, esse era o único caminho possível. E pensou, ainda, em quais tinham sido as alternativas que a vida até então lhe oferecera. Essa era uma. E ela estava aceitando. Com a mente ocupada nesses devaneios, começou a subir os degraus. De repente, sentiu o ar invadido por um aroma forte de eucalipto e um ruído contínuo de água caindo. Ao alcançar o alto da escada, descortinou uma enorme piscina iluminada por dentro com luzes coloridas que se iam alternando. Da parede, a água descia em cascata sobre uma escultura de pedra. Estava fascinada. Avançou e percebeu, à beira da piscina, duas espreguiçadeiras e, sobre elas, toalhas de banho dentro de sacos plásticos. Tudo muito novinho, limpinho, organizado, muito diferente das coisas velhas, gastas e sem charme da sua casa. Queria ter uma casa assim um dia, com tudo novinho. Deu mais alguns passos e descobriu, logo depois da piscina, uma banheira redonda, como nunca tinha visto, em que a água era agitada por jatos fumegantes. Abraçada na mochila, continuou andando a passos lentos e curtos, observando os desenhos sensuais nas paredes.

— Vamos comer? O que você prefere?

Voltou-se e encontrou o pai de Paulinha na porta do quarto, segurando o que parecia ser um cardápio. Atrás dele, uma doce luz azulada.

— Stephanie, meu, que lindo! Eu nunca entrei num motel.

— Claro, Jenifer, você é uma criancinha!

— Não enche! Vai, o que você pediu pra comer? Garanto que foi hambúrguer e batata frita.

Jenifer tinha acabado de tomar o café que Stephanie lhe trouxera na cama, colocado a bandeja de lado e ouvia, hipnotizada, o relato da prima.

97

Aquela prima que, a cada momento, mais revelava o atalho de que ela precisava para ingressar no mundo das relações adultas entre mulheres e homens.

– Na verdade, não pedi nada. Eu fiquei enjoada, de repente.

Extasiada, Stephanie percorria com o olhar cada detalhe da cama redonda, coberta por um edredom vermelho e tendo bem no centro um arranjo em forma de coração feito com duas toalhas de rosto. No alto, um espelho que ocupava o teto inteiro; em torno dele, fontes de luz azulada. O cheiro de eucalipto continuava forte, e Stephanie sentiu uma leve tontura, um princípio de náusea. Percebendo que perdia o equilíbrio, sentou-se na cama e abraçou o rosto com as mãos.

– Você está bem, Stephanie?

O pai de Paulinha colocara a mão sob seu queixo. Stephanie continuava com os olhos voltados para o chão. Sentia a calça apertar na cintura. A vontade era de abri-la e libertar-se daquele enjoo.

– Não tô legal.

– Respira fundo, filha. É tensão. Foi o susto que a gente passou nessa chuva toda.

O homem começou a massagear seus ombros.

– Deita um pouquinho que você vai melhorar.

Stephanie estava concentrada na pressão dos dedos dele sobre sua pele. Quando o pai de Paulinha insinuou deitá-la, o primeiro impulso foi o de resistir, mas logo deixou-se acomodar. Ainda com os olhos fechados, levou a mão à cintura apertada, incômoda. Tomou um susto, ao encontrar a mão dele.

– Stephanie, isso tá apertado demais, vocês são loucas.

Enquanto falava, num tom que misturava preocupação, repreensão e carinho, desabotoou a calça de Stephanie. Apesar da tensão provocada por aquela intimidade inesperada, o alívio foi imediato. Stephanie não tinha coragem de abrir os olhos. Ouviu quando o pai de Paulinha pegou o interfone.

– Alô? Eu queria fazer um pedido... É o seguinte: me mande dois sanduíches, isso, dois mistos quentes. Um momentinho. Stephanie, vai beber o quê, filha?

– Pode ser uma coca.

CAPÍTULO 18 – *Jenifer fica sabendo mais sobre Stephanie e o pai de Paulinha*

– E uma coca. Ah, e me manda também, por favor, um champanhe num balde de gelo, ok? Obrigado.

A referência ao champanhe acelerou o coração de Stephanie, com a lembrança da noite com Rei. Mas conseguiu recuperar a calma. Era como se já estivesse vacinada contra homens e champanhes. No momento em que o pai de Paulinha entrou no banheiro e fechou a porta, Stephanie abriu os olhos. E viu a si mesma no espelho do teto, envolta na luz azulada. Viu-se e se achou bonita, gostosa, como Marcos às vezes se referia a ela. O *jeans*, justo, desenhava suas pernas fortes; passou a mão pela barriga e ergueu um pouco a blusa para, em seguida, enfiar a mão por baixo dela até alcançar os seios e apanhá-los com as mãos e sentir entre os dedos os mamilos delicados. Os cabelos esparramados sobre o lençol remetiam a um ensaio fotográfico sensual. Fantasiava que estava perfeita para aparecer na capa da Playboy. Espreguiçou-se e desfrutou de um gostoso relaxamento. Viu, no espelho, seus braços esticarem, as pernas se juntarem, alongarem-se para, em seguida se abrirem. Apertou com as mãos os próprios braços e depois as deixou escorregar pela barriga até a cintura. Pronto. Recuperara-se. Ansiou pela chegada do champanhe.

CAPÍTULO 19

Jenifer é acordada por Paulinha

– Jenifer! Jenifer!

Jenifer sonhava com a mãe. Era a hora da escola ou qualquer coisa assim e a mãe a chamava insistentemente. Acordou. Diante dela, Paulinha usando um biquíni igual a um dos seus. Ou seria seu? Não tinha ideia de quanto tempo dormira, desde que voltara, esbaforida, da casa do vizinho. Pela luminosidade do quarto, já deveria ser quase meio-dia.

– Faz tempo que você tava aí, Paulinha?

– Você acordou só agora, Jê?

– Não, eu já tinha acordado, só que dormi de novo. Você sumiu.

Paulinha silenciou e suspirou fundo com o olhar perdido. Jenifer sabia o que ela estava pensando, claro! E reviu a cena de Rei lambuzando seu rosto crispado. Certamente, era a primeira vez que aquilo ocorria. Foi percorrida por um arrepio. Sentiu vontade de trazer Paulinha para junto dela.

– Tudo bem, Paulinha?

– Uma merda, Jê...

Jenifer sentiu uma ponta de constrangimento por estar desfrutando de situações que faziam a amiga sofrer. Sentia que aquilo poderia ser uma traição e procurou parecer o mais neutra possível, disfarçando a ansiedade em

CAPÍTULO 19 - *Jenifer é acordada por Paulinha*

ouvir da boca de Paulinha uma versão particular e íntima de tudo o que havia assistido.

– Eu tava na casa do Rei, aquele filho da puta!

– Paulinha, pra quê?

– Pra quê? O que você acha, Jê?

Jenifer baixou os olhos. A conversa ia ingressar naqueles momentos em que ela vacilava entre ir adiante ou proteger-se na prisão da própria idade, da sua infantilidade.

– Eu gosto do cara, Jê! Só que eu não devia mais...

Paulinha cai no choro, um choro convulsivo, cortado por gemidos doloridos. Jenifer intui que aquilo é necessário para a amiga retomar o equilíbrio e fica em silêncio. Nem sequer toma a iniciativa de abraçá-la. Apenas observa, com um sentimento novo de segurança na própria atitude, diante de um drama tão real. Paulinha foi ao banheiro. E Jenifer, pela primeira vez, sentiu-se, quem sabe, privilegiada em sua inexperiência. Pareceu a ela que tudo aquilo que acontecia com Paulinha e com Stephanie estava relacionado ao fato de ambas estarem avançando muito rápido no seu amadurecimento. Admirou-se do próprio discernimento e chamou pela amiga, que demorava para voltar.

– Paulinha, tudo bem aí?

A porta do banheiro abriu e surgiu a amiga, com os olhos inchados, mas com uma cara melhor, esboçando um sorriso suave. Jenifer voltou a recostar--se no travesseiro e Paulinha acomodou-se, sentada ao seu lado.

– Jê, eu falei com ele sobre o lance da Stephanie.

– E ele?

– Tentou falar que era mentira, lógico, cara de pau...

– Mas você contou que fui eu que te falei?

– Falei, Jê, como é que eu ia saber? A Stephanie é que não ia me contar, nem tinha como.

– Putz, o cara deve tá me odiando!

– Desculpe, Jê, eu tava muito mal. Ele duvidando, me pedindo provas, um filho da puta. Aí eu falei que a Stephanie tinha te contado tudo.

– Não faz mal, Paulinha, se te ajudou...

101

STALIMIR VIEIRA

As palavras de Jenifer iluminaram o rosto de Paulinha num sorriso doce, grato e amoroso para, em seguida, os olhos ganharem um brilho de malícia.

— Você ficou doida essa noite, não ficou, Jê?

A frase foi acompanhada de uma risada franca e ruidosa, logo contida com as mãos junto à boca. Jenifer ruborizou.

—Você tá com vergonha, Jê?

Jenifer balançou levemente o rosto, indicando que não. E envolveu com os braços a cintura da amiga, juntando as mãos, com firmeza, como se os braços fossem uma corrente e as mãos, cadeados. Paulinha achegou-se mais. O peito, coberto apenas pelo biquíni, denunciava a respiração longa, os seios parecendo querer libertar-se. Jenifer desprendeu as mãos e começou a passeá-las pelo rosto de Paulinha, pelos lábios, pelos olhos, pela testa. Entre constrangida e excitada, pensava nos jatos de gozo de Rei naquele rosto. Paulinha segurou sua mão, quando descia para o pescoço, insinuando que buscaria os seios.

— Para com isso, Jê! Não começa de novo.

— Eu vi o Rei gozar na tua cara.

Paulinha travou, com os lábios afastados e os olhos arregalados. Soltou a mão de Jenifer, sem desgrudar o olhar dos olhos dela. O rosto ganhou um vermelho intenso. Virou-se, por um segundo, deixou escapar o ruído de um sorriso seco e curto e voltou a encarar Jenifer.

— Você viu?! Como assim?!

— Eu fui lá e fiquei espiando.

Jenifer falava como uma criança marota. O tom da sua voz, inclusive, se tornara mais infantil, acompanhada de trejeitos do corpo, como uma menininha contando uma traquinagem.

— Você é louca? Você entrou na casa?

— Entrei e fiquei na porta do quarto espiando, como a gente fez com a Stephanie e o Marcos.

Paulinha balançava a cabeça mordendo o lábio, incrédula. Jenifer pressentia que a amiga estava dividida entre condená-la pela indiscrição ou partilhar com ela a experiência vivida e as sensações provocadas.

—Jê, você é maluca. Você viu tudo?

102

CAPÍTULO 19 - *Jenifer é acordada por Paulinha*

– Vi.Vi você chupando o pau dele, vi quando ele empurrou a tua cabeça e você pediu pra não empurrar, vi quando ele mandou você abrir a boca, vi ele te lambuzando toda.

Paulinha parecia excitar-se com a reprodução da história na boca da amiga, que mostrava um vivo interesse em fazer aquele inventário do que tinha visto. Aproximou ainda mais o corpo de Jenifer. Simulou beliscar o braço da amiga, enquanto sorria, ainda perturbada.

– Maluquinha, desgraçada... Putz, Jê, eu nunca tinha feito aquilo.

– Ele te obrigou.

– Mais ou menos, ele queria, eu deixei... Jenifer, doida, se o cara te pega?

– Sei lá, vai ver ia querer que eu chupasse também...

A expressão veio acompanhada por uma gargalhada, típica de quem se surpreende com a própria coragem de fazer piada com uma situação dramática. Paulinha encarou Jenifer com uma expressão falsamente austera.

– E você ia?

– Eu?

– Você ia chupar o pau dele junto comigo?

De repente, Jenifer não sabia o que dizer. Tinha sido só uma piada, sua imaginação não chegava a tanto. Agora eram os dedos de Paulinha que percorriam seu rosto, insinuando-se entre os lábios.

– Você ia deixar ele gozar na tua carinha também?

– Sei lá, Paulinha, acho que... não sei, acho que não, sei lá...

A resposta foi interrompida pelo dedo de Paulinha que entrara entre seus lábios e se esfregava na língua.

– Você não ia dividir a porra dele comigo?

Jenifer sentia as faces ardendo. Numa fração de segundo, num frêmito, imaginou Paulinha batendo em seu rosto e juntou as pernas com força. Paulinha retirou o dedo e levou-o assim, todo molhado, aos próprios lábios. Um arrepio intenso atravessou o corpo de Jenifer. E ela pensou no quanto gostava daquela brincadeira proibida, repleta de prazer e sem nenhum risco.

– Sabia que você tem um gosto muito bom, Jê? Eu senti essa noite.

– Paulinha, assim você...

103

Jenifer apertava ainda mais as pernas, tentando prensar o clitóris. Paulinha voltou com dedo molhado da própria saliva e enfiou outra vez entre os lábios da amiga. Paulinha saboreou a saliva da amiga.

— Tá gostoso?

Sorriu, inquieta. Paulinha retirou o dedo da sua boca e começou a acariciar seu rosto, espalhando aquela umidade nas bochechas. Paulinha aproximou o rosto. Jenifer fechou os olhos e ao tornar a abri-los, surpreendeu o olhar da amiga fixado em seus lábios. Ergueu a cabeça, buscando apressar o beijo. Paulinha a conteve por um segundo, pressionando seus cabelos. E, então, a beijou lentamente, com um cuidado extremo, com um amor fraterno, ainda que pleno de sensualidade. Jenifer suspirava fundo, os seios empurrando Paulinha, enquanto os braços traziam o corpo dela para o seu. Agora era diferente de tudo aquilo que aconteceu de madrugada, experimentado entre o sonho e a realidade, protegido pela escuridão. Paulinha e ela agora eram duas mulheres se entregando uma à outra, sob a luz e plenamente conscientes do que faziam. Não deixava de ser uma encruzilhada. Percebia que era hora de fazer uma opção. Uma opção entre homens e mulheres, acreditando, ainda, que essa decisão obedecesse a alguma lógica natural.

— Eu achava que tinha que escolher naquela hora entre gostar de homem ou de mulher.

— E escolheu?

— Quase.

Os dedos de Paulinha voltaram a brincar com seus lábios. O olhar de Jenifer penetrava os olhos da amiga, revelando uma tensão vibrante em todo o seu ser.

— Por que você me provocou tanto essa noite, Jê? Você gosta de mulher?

Jenifer nunca soube se Paulinha gostava de mulher; não sabia nem se ela mesma alguma vez se sentiu atraída por alguma mulher. Na verdade, gostava de Paulinha, muito, da mesma forma que acreditava que Paulinha gostasse dela.

— Eu gosto de você, Paulinha.

— Eu também gosto muito de você, Jê, muito, muito, muito, como nunca vou gostar de mais ninguém...

CAPÍTULO 19 – *Jenifer é acordada por Paulinha*

– Nem do Rei?

Outra vez, como acontecia muitas vezes, a frase lhe escapou sem que ela pensasse nas consequências. Paulinha, no entanto, não pareceu abalada e apenas olhou-a nos olhos e acenou com a cabeça positivamente. Jenifer assustou-se ao pressentir, naquelas palavras e atitudes, a força de um compromisso. E tentou quebrar a sensação de solenidade com mais uma brincadeira.

– Duvido!

Foi o gatilho para que Paulinha a envolvesse num beijo escancarado. A língua da amiga penetrando-lhe a boca, furiosa e possessiva. A mão de Paulinha sob seus cabelos, envolvendo a nuca, a apertava tanto que quase machucava. Sentia os lábios violentados pela gana da amiga. Sentia o joelho de Paulinha abrindo suas pernas. Uma sombra de medo alcançou seu coração. Mas os dentes se chocavam, as línguas se misturavam, num banho de saliva que encharcava a pele.

– Jenifer! O que é isso?!

Um pesadelo. Tudo ao redor pareceu etéreo, irreal. O mundo desandava inteiro de uma vez só, afogando-a sob toneladas de culpa e vergonha. Num relâmpago, viu-se aos cinco anos, brincando com um lápis entre as pernas e a mãe tomando-o das mãos, com uma expressão severa. Como daquela vez, a mãe estava ali, pálida, de pé junto à porta, com os lábios trêmulos. Segurava um embrulho que, quem sabe, poderia ser um presente para ela, esperando uma resposta. Diante do silêncio interminável, a mulher jogou o pacote sobre uma cadeira e saiu. Mas suas palavras derradeiras ficaram vibrando na atmosfera pesada.

– Paulinha, vista-se que eu vou te levar pra casa agora!

Paulinha enterrara o rosto no lençol, junto do pescoço da amiga. Jenifer fechara os olhos e sentia-se transbordando. Lágrimas grossas e mornas não tardaram a escorrer pelas bochechas, escorrendo até as orelhas.

– *O que você sentiu naquela hora?*
– *Um tipo de morte.*
– *Morte de quem?*
– *Não sei se minha ou da minha mãe. Ou das duas.*

CAPÍTULO 20

Jenifer é levada por Marcos até o prédio onde mora

— Que baixaria... desculpe, Jenifer...

Marcos balançava a cabeça, indignado, enquanto dirigia. Jenifer estendeu o braço e acariciou-lhe os cabelos. Estava em paz, de novo. Retomava as rédeas da sua existência. Gostaria de dizer alguma coisa para Marcos, porém intuía que o silêncio e seu gesto carinhoso diziam muito mais naquele instante. Tinham tempo, e Marcos rodava sem destino certo.

— O que é que a gente faz, dona Jenifer, já que a festa miou?

Marcos voltou-se para Jenifer pela primeira vez, desde que haviam se afastado daquele ambiente pesado da rua da festa. Ela, com um sorriso doce, deu de ombros.

— *O que você tava a fim de fazer?*

— *Nem sei... tava tão feliz de sair daquele sufoco...*

— *Você queria voltar para casa?*

— *De jeito nenhum! Eu queria era ir pra casa dele.*

— *Só com ele?*

— *Sim, mas eu queria só ficar com ele, só isso, deitar do seu lado, ouvir música, ficar de mãos dadas...*

106

CAPÍTULO 20 – *Jenifer é levada por Marcos até o prédio onde mora*

– *E aconteceu?*

– *Mais ou menos...*

Marcos dirigia vagarosamente. Na calçada, o movimento intenso nas mesas dos bares. Passaram por uma pizzaria.

– Que tal uma pizza, Jenifer?

– Você não prefere que eu prepare alguma coisa?

Ele voltou o rosto para Jenifer, em câmera lenta, e trazia uma expressão agradavelmente surpresa. Jenifer também fora, de certa maneira, surpreendida pelas próprias palavras. Ergueu os ombros e levantou as sobrancelhas, simulando uma certa timidez, como se houvesse falado alguma coisa que não devia. As palavras de Marcos soaram absolutamente naturais, sinceras, quase inocentes, com o rosto voltado para a frente.

– Claro que eu prefiro, né, Jenifer?

Deixar-se um pouco, conscientemente, sob o comando do instinto, trazia a Jenifer uma imensa paz interior. Fazia tempo que não experimentava essa leveza de alma, esse equilíbrio que lhe trazia segurança. Pensava no quanto essa transformação fora rápida. Havia menos de uma hora estava quase em pânico, sentindo-se ameaçada por gente barra pesada. E agora estava pronta para conduzir seu destino, confiando nos próprios critérios. Refletia sobre as grandes voltas da sua vida. Com relação a Marcos, lembrava do distante aniversário, em que o espiara em sua intimidade com a prima e do desejo inconfessável de entregar-se a esse cara que alimentava desde então. É verdade que quis ajudar a prima, quando ligou para ele, num momento dramático, em que Stephanie pareceu traumatizada com a agressão que sofreu de Rei. Percebia também que Marcos, que conhecia sua prima na intimidade, pré--julgara o que viria a ser de Stephanie com o tempo, antecipando-se em terminar qualquer relacionamento sério com ela. Essas constatações a fizeram sentir-se mais confiante no que acreditava ser e menos preocupada em se comparar com as outras meninas da sua idade.

– Olha, Jenifer, eu nem sei o que tenho em casa, tá uma bagunça.

– Eu dou um jeito.

O carro ingressou na rua onde Marcos morava. Numa manobra à direita, alcançaram a garagem do prédio. Marcos acionou o controle remoto. Enquanto o portão abria, fixou-se em Jenifer. Atingida por aquele olhar terno e adivinhando, no mesmo olhar, um brilho de desejo, Jenifer sentiu os bicos dos seios crescendo, parecendo que tinham vontade própria. O coração disparara. Marcos retomou a atenção à frente, soltou o freio de mão e o carro deslizou lentamente para o interior da garagem. Estacionou na vaga e desligou o motor. Voltou a encarar Jenifer. Ela apenas esperava, como se tudo o que tivessem feito até agora tivesse como objetivo final estarem ali, na mansidão e na penumbra daquela garagem.

A respiração de Jenifer era curta e intensa. Como a de um atleta antes da largada. Seu único receio era o de que aquela explosão anunciada não se consumasse. Marcos aproximou-se e acomodou seus lábios carinhosamente sobre os dela. E, à medida que os forçava a se afastarem com a língua, expressava na respiração ofegante, o prazer de saborear a boca de Jenifer. Ela percebia, na vontade com que era beijada, que ali havia também uma vontade guardada de desfrutar de sua sensualidade. Encantava-se em ser objeto de tanto desejo. Deixava-se conduzir, deixava que ele a usasse como quisesse para compensar tanta espera por aquele prazer. Ao mesmo tempo, pela primeira vez, resolvia agir sobre um homem, agarrá-lo com força e colocar a sua língua dentro da boca dele.

– Marcos, eu quero.

Os beijos de Marcos cobriam suas faces, estendiam-se pelas orelhas, desciam pelo pescoço. As mãos dele trabalhavam coordenadas: uma entremeando-se entre os cabelos de Jenifer, agarrando-os com firmeza, insinuando uma certa violência; a outra mão, sob a alça da blusa, massageando impetuosamente o braço e o ombro. Ela adivinhava e desfrutava saber que sua pele e sua carne de fêmea provocavam Marcos daquele jeito. Ele voltara a beijá-la na boca, com força. Jenifer ansiava que suas mãos penetrassem sob a blusa. A pele ardia de desejo, nunca a sentira tão sensível. Levantou os braços e estufou o peito, oferecendo os seios para que ele compreendesse logo o seu desejo. Marcos colocou as duas mãos dentro da blusa, envolveu os seios de Jenifer e

CAPÍTULO 20 - *Jenifer é levada por Marcos até o prédio onde mora*

os pressionou a ponto de fazê-la soltar um gritinho de susto e prazer. Mantinha os olhos fechados, concentrada naquelas sensações experimentadas pela primeira vez com um homem. E que, por isso, eram diferentes. Deixar-se tocar, apalpar, que Marcos realizasse nela os seus desejos e, por meio deles, os desejos dela. Como se o corpo estivesse eletrizado, tremia, enquanto, mesmo com os olhos fechados, enxergasse centenas de luzinhas coloridas.

— *Se tesão matasse, naquela hora eu teria morrido.*

— *Você tava a fim mesmo de transar naquela noite, certo?*

— *Muito. Era agora ou nunca.*

— *E ele entendeu?*

— *Abriu a minha calça e começou a baixar o zíper.*

— *E você?*

— *Tava encharcada.*

A mão de Marcos entranhou-se pela calcinha e seus dedos logo ficaram úmidos, esfregando o clitóris, enquanto a língua circundava os mamilos de Jenifer. Ela agarrava, apertava e puxava, inquieta, os cabelos de Marcos. Tinha se postado de joelhos e aberto as pernas para facilitar os movimentos dele.

— Tira a calça, Jenifer.

— Aqui?

— Isso, eu te quero aqui, agora. Tira a calça.

Marcos tinha a voz ofegante e a expressão transfigurada pela ansiedade de possuí-la. Jenifer percebeu, enquanto se esforçava para tirar a calça naquele ambiente apertado, o volume do pênis de Marcos sob o tecido da calça dele. Não pôde evitar uma comparação com o que vira dentro da sunga de Rei.

— Como tá grande, Marcos!

Ao escutá-la, ele estendeu o braço e, antes que conseguisse terminar de tirar a calça, trouxe a mão de Jenifer até acomodá-la sobre o volume retesado, que pulsava. Jenifer não sabia se olhava para a mão, ainda vacilante, ou para o rosto de Marcos. Era a primeira vez que tocava um pau. Mas queria vê-lo, queria levar essa experiência até o fim. Marcos abriu o botão da calça,

109

o zíper, baixou a cueca e libertou-o. Em seguida, o envolveu com a mão de Jenifer. Ela arrepiou-se com a temperatura daquilo que logo deixou a sua mão pegando fogo. Sentia-o latejando, como se tivesse um coração próprio e poderoso a injetar o sangue e a energia que o mantinham assim nesse estado de tensão e rigidez.

– O que você quer fazer, Marcos?

Marcos abriu mais as pernas e deixou-se ser manipulado pelos dedos delicados de Jenifer, que pressionavam levemente a espessura rija do pênis, percorrendo-o de cima abaixo. Jenifer observava a expressão dele, experimentando um início de deslumbramento por estar, por meio daquele movimento sutil, deixando-o tão à mercê dela. Pareceu divertido que aquilo deixasse um homem tão entregue.

– Eu quero te penetrar, Jenifer, quero entrar inteiro em você.

Ela também queria muito ser penetrada. Estava febril de desejo. Mas não queria que fosse assim, de maneira apressada. Queria continuar naquele jogo que misturava sedução e inocência.

– Eu sou virgem, Marcos...

– Eu sei.

Ergueu o corpo e, com decisão, terminou de despi-la. Jenifer levantou a bunda e juntou as pernas para que ele terminasse de retirar a sua calça. Marcos passou a acariciar suas coxas.

– Nossa, Jenifer, como você é gostosa!

Jenifer sorriu. Estar só de calcinha, surpreendentemente, diminuíra a sua ansiedade. Ele também, diante de Jenifer nua, percorria o corpo dela com serenidade. Jenifer compreendia que Marcos cumprira o mais difícil: trazê-la como caça para sua caverna. E sentia um prazer especial em servir de alimento para o tesão dele.

CAPÍTULO 21

Jenifer vive novas emoções no apartamento de Stephanie

Jenifer estava maravilhada com a descrição que Stephanie fizera do motel para onde escapara da tempestade com o pai de Paulinha. Parecia-lhe um lugar encantado, onde se concentravam os melhores prazeres da vida e onde tudo de bom era permitido. Stephanie olhou o relógio.

— Meu, quase meio-dia, a gente vai ficar o dia inteiro na cama?

— Por que não?

A pronta e entusiasmada resposta de Jenifer animou Stephanie a continuar o relato da viagem. Apenas mudava de posição porque o pescoço começava a doer de tanto virar a cabeça para Jenifer, uma vez que estavam deitadas lado a lado. Antes de recomeçar a história, resolveu ir ao banheiro. Ao passar pela janela, abriu as cortinas e o sol invadiu a cama quase inteira.

— Olha, Jenifer, vamos tomar sol pra você ficar sem marquinha também.

As duas estavam nuas. Jenifer observava o movimento da cintura de Stephanie, enquanto ela caminhava pelo quarto. A bunda rebolava, gostosa, insinuante, sem nenhuma marquinha, coberta por aquela cor que lembrava cobre. Retirou as cobertas e estirou-se sob o sol. Era a primeira vez que tomava banho de sol assim, sem usar nada. E foi em seu sexo que sentiu primeiro aquele calorzinho. Afastou as pernas e o prazer aumentou. O sol era uma verdadeira carícia.

111

– Não é demais, Jenifer?

Stephanie acabara de falar e o telefone tocou. Atendeu prontamente.

Oi... oooooiiiiiiii... onde você tá? Miami? Nooooossaaa, que horas são aí? Eu? Tô legal. Tá lindo, um puta sol. Sim, tô, tem que manter o bronzeado, né? Sem nada. Tá, não começa, vai...

Stephanie olhou para Jenifer com um ar debochado e piscou.

– Ah, eu quero. Quando? Jura? Posso levar a minha prima? Muito, uma gata... Eu já disse que tô... nuazinha...

Stephanie tinha sentado na cama e escutava seu interlocutor, segurando o riso, enquanto chamava Jenifer com a mão agitada. Quando Jenifer se aproximou, colocou o fone em seu ouvido. A posição em que estava a fazia roçar o nariz no seio de Stephanie, sentindo o perfume do seu suor. No outro lado da linha, a voz de um homem.

– ... me esperando, assim, nuazinha, que eu quero te lamber todinha...

Jenifer levantou a cabeça com uma cara de espanto. Não apenas pelo que ouviu, mas por ter reconhecido a voz do pai de Paulinha. Stephanie voltara ao telefone, mas se deitara de bruços, com os cabelos loiros, cacheados, esparramados sobre os seios de Jenifer.

– Tá certo, gato, mas promessa é promessa, hein? Tá bom, faço.

– O que você quer que eu faça?

Fez a pergunta e, divertida, voltou a colocar o fone no ouvido de Jenifer.

– ... enfiar o dedo nessa xoxotinha gostosa...

Stephanie retomou o fone, contendo o riso.

– Eu tô fazendo, tô passando...

Jenifer sentiu o dedo da prima sobre o umbigo e, logo descendo pela barriga, pelo ventre, entremeando-se entre os pelos e buscando seu sexo. Teve um estremecimento e tentou fechar as pernas, mas Stephanie a conteve com um movimento rápido do cotovelo. Jenifer voltou-se e Stephanie arregalou os olhos, implorando que ela se deixasse tocar, enquanto continuava falando.

– Eu tô sentindo, sim, tô sentindo ela molhadinha, quentinha...

A mão de Stephanie esfregava o sexo da prima, aquecido pelo sol e começando a umedecer-se. Stephanie trouxe os dedos até os lábios, passou a

CAPÍTULO 21 – *Jenifer vive novas emoções no apartamento de Stephanie*

língua na extensão deles e voltou, assim, lambuzada para o meio das pernas de Jenifer.

– Humm, acabei de sentir o gostinho dela na boca...

Para Jenifer, aquilo que parecia uma brincadeira de Stephanie, uma gozação com a cara do amante, misturado com o aquecimento gostoso que o sol provocava entre suas pernas, foi aos poucos provocando uma excitação verdadeira. Stephanie percebeu quando ela afastou um pouco mais as pernas. Então, escorregou o dedo para baixo e começou a tentar penetrá-la.

– Agora eu vou enfiar o dedinho... aiiiii...

Ao sentir a penetração, Jenifer deu um salto, puxou a mão de Stephanie e virou de bruços, atordoada. Virou o rosto para o outro lado. O sol aqueceu a sua bunda. E isso a acalmou um pouco. Stephanie conteve a gargalhada com o susto da prima. Imediatamente, deitou-se de costas com o fone colado no ouvido, abriu as pernas com os joelhos dobrados e começou a masturbar-se, sem parar de falar.

– Ai, eu tô gozando tão gostoso, vai, goza comigo, vem, goza logo que eu não aguento mais, ai, ai, hum, hummm... ufa... Tá bom, agora chega. Legal, me liga depois, beijo.

Jenifer se mantinha voltada para a parede. Stephanie havia se levantado decidida e desligado o telefone. Em seguida, ainda de pé sobre a cama, com as mãos na cintura, interpelou Jenifer.

– Qual é, Jenifer, vai ficar emburrada comigo agora?

Jenifer permaneceu calada com a sensação do dedo de Stephanie forçando sua virgindade. Estava indignada, com raiva da prima. E, com maldade na voz, comentou:

– Que baixaria, Stephanie!

– Que baixaria? Quer ir embora, porra? Pode ir, meu!

Jenifer tinha voltado a deitar-se de barriga para cima e coberto o corpo até os seios com o lençol. Mantinha o olhar fixado no teto. Forçava as unhas contra o rosto, enquanto os olhos se enchiam de lágrimas. Stephanie se aproximou e empurrou bruscamente o ombro da prima.

– Tá chorando por que, Jenifer?

O tom de Stephanie era grosseiro e agressivo, como se aquele telefonema a devolvesse ao que tinha se tornado, nada a ver com a prima com quem Jenifer conviveu na infância. Continha os soluços.

— Só porque eu te enfiei o dedo, Jenifer? Você devia me agradecer. A mina que me chupou tão bem ontem vai continuar virgem até quando?

Stephanie desceu da cama e andou alterada pelo quarto. Tinha vestido uma calcinha preta, o que a deixava ainda mais ameaçadora, uma mulher má, perversa, que não tinha mais nada a ver com a criaturinha delicada que lhe trouxera o café. Jenifer não conseguiu mais conter-se e começou a soluçar. Stephanie saltou sobre ela, montou sobre seu corpo, prendendo seus braços com os joelhos.

— Coitadinha da menininha, olha como ela chora! Eu vou mostrar pra você o que o meu pai fazia quando eu fazia manha.

A voz era carregada de ironia e ressentimento, quase ódio. Jenifer estava pasmada, mas não continha as lágrimas. Não acreditava que Stephanie pretendesse bater nela. Não teve tempo de questionar. Stephanie apertou na mão um punhado de seus cabelos e sacudiu sua cabeça com brutalidade.

— Para, Stephanie, para!

O pedido foi a senha para que a mão de Stephanie estalasse em seu rosto, provocando uma imediata sensação de queimadura.

— Chora, virgenzinha!

Jenifer mal abrira os olhos para situar-se no meio daquele turbilhão de sensações, quando a mão da prima acertou-a outra vez, junto ao ouvido, deixando-a ainda mais perturbada pela dor e pelo zumbido que passou a ecoar dentro dele. Ferida, humilhada, vivendo um pesadelo, sem saber como sair daquilo, mergulhou fundo em si mesma e, armada de um orgulho poderoso, voltou à tona para vomitar, com frieza, sobre a prima a resposta mais cruel possível àquela agressão.

— Stephanie, você não passa de uma puta!

Falou, retesou o corpo e fechou os olhos com força, esperando uma bofetada que não veio. Pelo contrário, sentiu que os joelhos da prima libertaram os seus braços. Stephanie levantou o corpo e ficou de quatro, a encarando.

CAPÍTULO 21 – *Jenifer vive novas emoções no apartamento de Stephanie*

– Eu sei, Jenifer, eu sou uma puta sim. E você, o que é? Não é porra nenhuma. Sempre se achou melhor do que eu, seu pai tem mais grana, mora bem, tem carrão... e eu sempre fui uma merdinha pra vocês. Só que agora eu tenho as coisas também, tenho roupas, tenho apartamento, meu pai não pode mais me tocar... mês que vem faço dezoito e vou ter o meu carro. E você, Jenifer, vai continuar uma virgenzinha babaca, louca pra dar, mas sem coragem...

Stephanie tinha ficado de pé, olhando Jenifer de cima. Jenifer escutava atenta o discurso da prima. Não sentia raiva, não sentia mágoa, era como se Stephanie estivesse falando de uma Jenifer de quem ela pensava a mesma coisa. Sentia o rosto inchado, mas já a havia perdoado. Na verdade, sentia necessidade de pedir perdão a Stephanie.

– Desculpe, Stephanie!

Stephanie tinha sentado na cama e apoiado o rosto entre as mãos. Dava para escutar a sua respiração acelerada. Era como se Stephanie precisasse chorar, mas não se permitisse. Jenifer levantou e tentou abraçá-la.

– Não me toca, Jenifer!

O peito da prima dava pinotes irregulares, ela chorava um pranto seco, engasgado, sufocante.

– Não me toca... ninguém... ninguém me toque...

Com os olhos apertados, a expressão crispada e os punhos cerrados, Stephanie deixava as lágrimas escorrerem em silêncio.

– *O que você sentiu naquela hora?*

– *Me senti culpada.*

– *Do quê?*

– *De ter julgado a Stephanie. Eu não tinha o direito.*

– *Por quê?*

– *Porque eu não conhecia a história dela, não sabia o que ela passava, o que o pai fazia com ela...*

115

CAPÍTULO 22

Jenifer enfrenta outras barras

Desde que a mãe a surpreendera com Paulinha na cama, as três nunca mais se falaram. Jenifer passou a dedicar mais tempo aos estudos, como se isso a redimisse do pecado em que fora flagrada. Chegou a pensar, em suas tensas reflexões, que apesar de doloroso e de tê-la afastado da mãe e da melhor amiga, o que aconteceu tinha sido necessário. De certa maneira, o fato estabelecera um limite para suas fantasias, uma linha divisória entre a imaginação e a realidade. Sentia necessidade de dar um basta na ambiguidade da sua vida. Se não era lésbica, não fazia sentido continuar se relacionando sexualmente com a amiga e com a prima. Se, definitivamente, não queria ser uma galinha, não deveria ficar a todo momento desejando o pau do vizinho tarado. Se queria ser uma mulher hétero e equilibrada, deveria arrumar um namorado, com quem mantivesse uma relação saudável, deveria apresentá-lo à mãe, ao pai, ir com ele ao cinema, jantar fora de vez em quando, viajar, transar. Perceber que ordenava seus objetivos, que compreendia claramente os sentidos deles, que era capaz de projetar todas as consequências do que fazia e, mais do que tudo, que podia confiar em si mesma, trouxe para o coração de Jenifer uma serena alegria. Tinha certeza de que aquele momento, aquele fim de tarde, quando vislumbrava, através da janela do seu quarto, um horizonte avermelhado, de uma beleza típica da passagem do verão para o outono, de que aquilo tudo demarcava uma nova etapa em seu amadurecimento.

CAPÍTULO 22 – *Jenifer enfrenta outras barras*

Esboçou um sorriso, orgulhosa da profundidade da sua reflexão. Estava em paz com sua consciência. Tinha certeza de que se os pais estivessem ali agora, procuraria por eles, pediria desculpas pelos transtornos que causara, os beijaria e lhes declararia um amor profundo. Sim, embora tivesse, ainda, dezesseis anos, já passava por sua cabeça a ideia de que, mais cedo ou mais tarde, seria responsável por eles. E foi com muita ternura que projetou esse momento, imaginando-os mais velhos, esperando que ela chegasse do trabalho, acolhendo-a numa casa quentinha, com um cheirinho gostoso de comida de mãe. Saboreava esse sonho, quando o telefone tocou. Com o mesmo espírito leve, fez uma caretinha e se perguntou quem seria e levou o fone ao ouvido.

– Alô?

– Jenifer?

– É.

– Qual é, mina? Tá querendo roubar a minha mulher, caralho? Agora eu entendi por que você não gosta de homem... é sapatão. Só que tem o seguinte: sapato eu trato de homem pra homem, na porrada, entendeu? Mas que desperdício, hein? Uma gatinha como você, porra. Machona. É porque você não conheceu o pau do Rei. É o seguinte, Jenifer: se eu souber que a Paula andou com você de novo, eu te arrebento e depois vou falar pro teu pai.

Jenifer não sentia o chão debaixo dos pés. Seu coração, no entanto, se mantinha estranhamente regular. Estava fria. Não era mais a menininha em pânico, tinha dado um salto de qualidade em sua existência. Se não sentia o chão era porque estava absolutamente concentrada. Tinha um único interesse, e foi a ele apenas que se dedicou, com uma voz natural.

– Quem foi que te contou?

Os segundos em silêncio revelavam que Rei percebera que foi uma outra Jenifer quem falou com ele, uma Jenifer capaz de enfrentar um homem adulto, de mentalidade baixa e comportamento vulgar, sem sentir-se ameaçada.

– Quem foi que me contou? A tua mãezinha.

Jenifer desligou o telefone. Andou até a cama, cambaleante. Arranhava os cotovelos e os antebraços. Estava zonza. Sentia ruir alguma coisa grandiosa que acabara de construir. Humilhada, acusou-se mais uma vez de se deixar levar por suas fantasias idiotas. Não haveria mãe nenhuma esperando para o

117

jantar! Havia, sim, a amante de um tarado, com quem tinha de conviver e que já nem falava com ela. Não haveria esse pai que a acolheria com um beijo carinhoso! Havia, sim, um homem sempre ausente, fugindo da família. O que havia eram homens que queriam agarrá-la e a relação viciosa com a amiga e com a prima. Tampouco havia essa mulher segura e realizada, mas uma pobre infeliz, covarde, condenada à solidão! Caiu num choro sentido, percebendo-se completamente abandonada. Deitou-se na cama, de lado, indolente e recolheu os joelhos até o queixo. Assim, em posição fetal, deixou-se tomar por um pranto demorado. Até um sono incontrolável invadir-lhe os sentidos, afastando qualquer pensamento que não fosse o desfrute daquela agradável sensação de leveza. Foi despertada pelo telefone. Não atinou imediatamente ao ruído. Aos poucos recompôs os pensamentos e lembrou-se do diálogo que tivera com Rei. Deixou a cabeça tombar outra vez sobre o travesseiro. Não iria atender. Deixaria que o telefone tocasse eternamente. Não interessava mais nada. Não queria ouvir mais nada de ninguém. Haviam destruído, num instante, uma confiança que levara tanto tempo para ser consolidada.

O telefone, no entanto, insistia com novas tentativas. O último toque foi cortado no meio. E o silêncio voltou a cair sobre o quarto. Mas Jenifer pressentiu que ia tocar outra vez. Levantou-se e caminhou até ele. Ficou olhando fixamente para o aparelho. Intuiu que se tocasse, deveria atender. Sentiu dentro do peito uma enorme necessidade de amparar, de socorrer. Uma sensação poderosa a fez levar as mãos espalmadas ao ventre. Não entendia como, mas a mulher de uma hora atrás estava viva dentro dela. E a preenchia em ondas de coragem que quase lhe tiravam o fôlego. Sentou-se na cama e armou-se, como uma fera, para o bote sobre o telefone. Estava na linha do seu olhar. Sabia que ia tocar agora. Tocou. Num salto, Jenifer apanhou o fone, controlando a respiração ofegante.

– Alô!

– Jê!

– Paulinha, o que foi?

– Jê...

– Vem pra cá agora!

– Jê, eu tô grávida.

– Eu sei.

Capítulo 23
Jenifer vai até o prédio de Marcos
(segunda parte)

— De repente, fiquei preocupada que aparecesse alguém e pegasse a gente ali, no carro, sem roupa.

— Dá pra imaginar.

— Nossa, eu só de calcinha segurando o pau do Marcos.

Jenifer afastou-se de Marcos, olhando para os lados, demonstrando um certo desconforto com a possibilidade de serem flagrados ali.

— Marcos, não é melhor a gente subir?

Marcos parecia divertir-se com a situação. Acariciou outra vez os ombros e os braços de Jenifer. Envolveu-a pelo pescoço, esfregando carinhosamente os polegares pelo seu rosto e expressando um sorriso debochado de quem queria isso mesmo: correr o risco.

— Tira a calcinha!

— Marcos! Aqui?

Marcos continuava com os olhos fixos nela, seu sorriso moleque não se desmanchara e adquiria até um certo ar perverso.

119

– De repente, comecei a ficar com medo.

– Mas a ideia não era dar logo para ele?

– Mas não assim.

– Assim, como?

– No carro.

– Você queria que fosse na cama?

– Eu queria um clima, sei lá... queria ouvir música, ficar no escuro, ir com calma.

– E a fantasia dele era outra?

– É, ele gostava do perigo.

Para não parecer que estava desistindo daquele jogo arriscado, Jenifer chegou a colocar as mãos sob o elástico da calcinha. Mas elas não obedeciam à ideia de despi-la. Marcos percebeu seu embaraço.

– Quer que eu tire pra você?

Jenifer sentiu-se com doze anos no consultório médico, tratando das manchinhas na pele.

– Marcos, eu nunca fiquei nua na frente dum cara...

– Mas vai ficar pra mim, porque eu não vou perder a chance de ver uma mulher tão linda, inteirinha.

As palavras, ditas com doçura, a encantavam e acalmavam. Entendia que Marcos não achasse justo terem chegado até esse momento e não irem em frente. Achava que ele merecia o que estava pedindo. Ergueu o corpo e com as duas mãos baixou a calcinha pelas pernas.

– Marcos... eu só não queria transar aqui no carro.

Ele havia se afastado um pouco para vê-la melhor. Apertando a calcinha na mão, baixou os olhos, tímida, e descobriu os pelos de seu púbis expostos aos olhos de um homem. Ruborizada, encarou Marcos e forçou um sorriso. Pareceu que seu constrangimento era o que Marcos mais curtia. Não tirava os olhos dela, enquanto movimentava o pênis com a mão. As luzes dos faróis de um carro que entrou rápido cruzaram pelo rosto de Marcos. Jenifer arregalou os olhos e voltou-se em direção ao ruído que se afastava.

– Pô, Marcos, tá vendo? Vamos subir, vai.

CAPÍTULO 23 - *Jenifer vai até o prédio de Marcos*

— Segura aqui, Jenifer.

— *Sabe o que eu pensei na hora?*

— *No quê?*

— *Que ele fosse querer que eu chupasse.*

— *E daí?*

— *Eu não tava pensando nisso, nem sabia como fazer.*

— *Mas se você não chupasse a primeira vez, nunca ia aprender.*

— *Eu sei, só que eu não queria começar chupando...*

Jenifer deixou-se conduzir até certo ponto. Quando pressentiu que Marcos conduzia seu rosto para baixo, para o meio de suas pernas, resistiu. Ele não insistiu. Apenas segurou a sua mão e colocou sobre o pau. Jenifer aceitou a negociação gestual. Pensando em recompensá-lo por não tê-la forçado, começou a movimentar a mão com rapidez e firmeza.

— Tá vendo como você me deixa, Jenifer?

Jenifer pensava que Marcos estava sendo muito generoso porque ela, certamente, estava a anos-luz do que Stephanie, provavelmente, compartilhara com ele. Marcos colocou a própria mão sobre a mão dela e começou a conduzir seus movimentos. Fez com que ela experimentasse a textura firme e macia da cabeça do pau. Depois, trazia a mão de Jenifer até embaixo, fazendo com que ela percebesse toda a extensão daquele pênis. Ela compreendeu e se sentiu orgulhosa por estar se apropriando de um exemplar que supunha tão especial. Como uma criança aprendendo a escrever, deixava que Marcos a conduzisse. Às vezes, sentia que ele apertava sua mão e compreendia como um aviso de que ela não estava demonstrando suficiente tesão no gesto. Nesses momentos, ajustava os dedos, mais determinada, experimentando toda a espessura. Marcos aproximou a boca dos lábios de Jenifer. Começou a beijá--la, lambê-la no queixo, nas bochechas, nas orelhas, no pescoço, nos ombros. Estava zonza, mas tentava concentrar-se nos movimentos da mão no pênis. Marcos apertou mais a mão dela.

— Não tá machucando, Marcos?

– Não, Jenifer, não para!

A partir daquele momento, percebeu que tudo o que ocorresse seria responsabilidade dela. Aquele homem ali prostrado, babando em seu pescoço, gemendo como alguém a caminho de um colapso, estava na sua mão. Ele estava nesse estado por causa dela, das curvas do seu corpo, das linhas harmônicas das suas pernas, do volume suficiente da sua bunda, do orifício intocado no meio das suas pernas, dos seus seios pequeninos e graciosos, do seu rosto angelical, da sua pele macia, dos seus cabelos sedosos, do seu medo ancestral de ficar só e, principalmente, do seu poder de multiplicar-se.

– Sabe o que eu pensava enquanto bombeava aquele negócio?

– O quê?

– Uma bobeira, mas na hora achei engraçado.

– Fala.

– Que era uma lâmpada de Aladim que eu estava esfregando. E que ia sair um gênio.

– E saiu?

– Putz, muitos...

Jenifer escutou um verdadeiro rosnado que saía das profundezas de Marcos, enquanto sentia na mão, como se alguém lhe entornasse em cima uma panela de mingau.

Deixou que Marcos ficasse adormecido sobre seu peito até a hora em que decidiu voltar para casa. Não era o seu homem.

CAPÍTULO 24

Jenifer vive uma nova experiência com Stephanie

A ideia de tomarem banho juntas fora de Jenifer, tentando recuperar o ânimo da prima. Depois, o dia estava bem quente, o sol dentro do quarto se tornara implacável e a agitação que tinham vivido – a ligação do pai de Paulinha, os tapas que levara de Stephanie, a reação dela, chamando a prima de puta, o desabafo da outra – tudo isso a tinha deixado aflita com o calor. Jenifer simplesmente havia entrado no *box*, ligado a água no máximo, voltado à porta do quarto e usado de toda a naturalidade para fazer o convite à prima, que continuava com o olhar pregado no chão.

– Vem tomar um banho comigo, vem.

Stephanie aceitou o convite docilmente, como se fora a senha para ti-rá-la do estado de torpor em que entrara, depois de descarregar toda a sua raiva sobre o rosto de Jenifer e de ter recebido, em troca, uma overdose de verdades. Jenifer, por sua vez, misturava sentimentos. Por um lado, queria mesmo ajudar a prima, pois era capaz de intuir tudo o que havia por trás da-quele gesto tresloucado; aliás, o discurso de Stephanie explicara muita coisa. Mas não era apenas a vontade de ajudar a prima que a movia. Era motivada também por um maldisfarçado desejo de dispor do corpo dela outra vez. Suas experiências sexuais com outras meninas despertavam em Jenifer um

123

certo entusiasmo em disputá-las com os homens. Principalmente por saber que elas eram, de certo modo, exploradas por eles em suas carências ou em suas inocências. Jenifer, normalmente, tinha medo desses homens. Mas, ao imitá-los no jogo do sexo, sentia-se fortalecida à medida que conquistava o mesmo espaço, a mesma correspondência na disponibilidade daquelas fêmeas, sendo, inclusive, mais eficiente na sedução delas. Ao mesmo tempo, sentia que superava as próprias meninas, que se supunham mais experientes do que ela, ao desfrutar de seus corpos. E o corpo de Stephanie, particularmente, a perturbava muito. Era naquele corpo agressivamente sensual que Jenifer projetava o gozo pleno de um prazer perverso. Sem comprometer-se moralmente, pois manteria sua pureza resguardada, cabendo a Stephanie o papel da Jenifer para ser usada e abusada. Crescia dentro dela um certo gosto por imaginar Stephanie sendo violada, aprendendo indecências com quem se deleitava em obrigá-la a reproduzi-las. Ao mesmo tempo, assustava-se com o poder desse vício crescente e refugiava-se na determinação de que ele estivesse restrito apenas a ocasiões como aquela.

– Entra que eu vou te dar um banho.

Apoiada na parede do *box*, amparava o corpo da prima. Com as pernas um pouco afastadas, firmava os pés no chão e encaixava em seu corpo os quadris de Stephanie. Passava suavemente por suas costas a esponja encharcada e aquecida, enquanto a outra mão segurava a cintura de pele macia e carnes firmes.

– Que gostoso, Jenifer!

Stephanie fechara os olhos e a água lhe escorria pelos seios, cobrindo as mãos de Jenifer que agora passava a esponja em torno deles, avançando sobre os mamilos duros. E aí ficou, fazendo uma massagem carinhosa. A água morna, jorrando em quantidade, e a pele de Stephanie escorregando na sua – Stephanie havia girado o corpo e agora deitava as costas sobre os seios da prima, enquanto pressionava o sexo dela com a bunda – transtornavam Jenifer.

– Jenifer, eu queria só você, mais ninguém.

As palavras sussurradas eram acompanhadas pela inquietação da cintura, buscando um encaixe ainda melhor, como se Stephanie quisesse seduzi-la,

CAPÍTULO 24 – *Jenifer vive uma nova experiência com Stephanie*

usando a mesma técnica com que aprendera a seduzir os homens que a bancavam. Jenifer afastou mais as pernas e dobrou levemente os joelhos, praticamente montando sobre a bunda de Stephanie, que acompanhando o movimento, curvara-se para a frente.

– Jenifer, assim vai cansar a tua perna. Vamos sentar.

A esponja, guiada pela mão de Jenifer, percorria a barriga da prima, atrevendo-se, como se por acaso, mais abaixo, entre os pelos. Aceitando a sugestão, a acompanhou na decisão e sentaram-se. Mas os corpos permaneciam unidos com Stephanie de costas nos braços de Jenifer. Voltou o rosto, tentando manter os olhos abertos sob a pressão da água. Suas bocas se tocaram e o beijo, diferente, sob uma enxurrada, foi longo. Foi Stephanie quem se afastou primeiro e desviou a cabeça daquele aguaceiro. Ficou observando o rosto de Jenifer.

– Você está com uma mancha vermelha aqui, Jenifer... me perdoa, por favor...

Stephanie a havia tocado levemente; mesmo assim, sentiu a região dolorida. Uma onda de rancor atravessou-a, suficiente para inspirar uma vontade selvagem de submeter Stephanie a alguma violência, numa espécie de vingança. Apanhou o queixo da prima e beijou-a na boca com força. Stephanie resistiu por um segundo, enrijecendo o corpo, apertando os lábios e tentando voltar a cabeça para a frente outra vez. Jenifer insistiu, pressionando a nuca da prima, forçando sua cabeça para que se mantivesse ali. Stephanie cedeu, afastou os lábios e deixou-se penetrar por uma língua afoita, sentindo, em seguida, que Jenifer, praticamente a mordia nos lábios, machucando.

– Jenifer, assim você me machuca!

Jenifer sorriu para a expressão chocada de Stephanie.

– Vira pra cá.

Stephanie obedeceu e ficaram frente a frente. Esticaram as pernas para que os corpos voltassem a se encaixar, mais ainda, sexo com sexo, roçando os pelinhos. O jorro de água caía agora de uma altura maior sobre suas cabeças, num turbilhão que ajudava a desenhar o mundo de fantasias a que Jenifer buscava. Aproveitou a perturbação de Stephanie com a água que lhe batia forte no rosto, para beijá-la outra vez, agora prendendo seus cabelos.

125

Penetrava seus lábios com raiva, sugava a saliva da prima e engolia; com a mão livre, apertava-lhe os mamilos. Sentia a respiração ofegante de Stephanie, que revelava uma mistura de tesão e tensão com a aparente loucura de Jenifer. Jenifer desejava e exercia seu poder sobre ela, que se julgava tão experiente, tão vivida, tão mais mulher, aquela vagabunda, que a tratava como uma menininha babaca, em quem julgava que podia bater quando tivesse vontade. Stephanie, sentindo a excessiva pressão nos cabelos, tentou desvencilhar-se, mas Jenifer pressionou mais forte para que as bocas continuassem coladas, sob o impacto da água que golpeava seus rostos. Em seguida, começou a empurrar a cabeça da prima para baixo até quase deitá-la no chão, amparando-a pela nuca, firmando um joelho no chão, sem descolar a boca de seus lábios. A prima ofegava e mantinha agora os olhos abertos com dificuldade, sentindo o impacto da água sobre eles. Jenifer sentiu que a apavorava. Stephanie segurou seus pulsos e afastou a boca com determinação.

— Jenifer, tá louca? Quer me afogar?

— Você não falou que me queria?

Stephanie a encarava. Certamente estava perturbada com aquela mulher de joelhos sobre ela, com uma expressão muito distante da prima ingênua, a quem se propunha ensinar alguma coisa. A resposta não vinha. A água deliciosamente morna batia forte nas costas de Jenifer, escorrendo pela bunda, acariciando a entrada do ânus, preenchendo o meio das pernas. Afastou-as um pouco mais para que aquela cachoeira brincasse com seu clitóris.

— A água tá fazendo cócegas na minha bucetinha.

— Deixa eu ver.

— Não.

Jenifer abriu mais as pernas, baixou o corpo e prensou o sexo sobre a coxa de Stephanie. Começou a esfregar-se e a gemer.

— Jenifer, eu nunca vi alguém com tanto tesão.

— Vem com essa perna, Stephanie, mexe.

Stephanie movimentava a coxa entre as pernas de Jenifer, que a encarava com um sorriso estático, sacana. Jenifer estava tomada pelo prazer de ver Stephanie fazer o que ela mandava. O tesão ocupava todo o seu corpo, cada centímetro da pele. Com os lábios afastados, aspirava pela boca, com ruído.

CAPÍTULO 24 - *Jenifer vive uma nova experiência com Stephanie*

Stephanie parecia apreensiva em ver a prima tão excitada, mas mantinha o movimento da coxa no meio das suas pernas. Jenifer transfigurava-se, ensaiava uma espécie de careta, juntando os lábios num movimento estranho para, de repente, num pinote com a cabeça, cuspir em seu rosto.

– Jenifer, para! Onde você aprendeu isso?!

– Você me quer? É isso?

A voz grave vinha arranhada do fundo da garganta, no meio daquele sorriso idiotizado; o peito arfando, os dedos, como garras, prendendo os cabelos de Stephanie no chão. Stephanie lavava com água a face onde a saliva de Jenifer, viscosa e em quantidade, a atingira.

– Chega, Jenifer, me larga!

Estimulada por uma tensão inédita, proporcionada pelo prazer de exercer o poder sobre outra mulher e pela força até então desconhecida que seu corpo revelava, Jenifer julgou o pedido de Stephanie atrevido demais para o momento. Stephanie estava ali apenas para ser usada, para atender ao seu tesão, mais nada. Só ela, Jenifer, ia gozar. E, pensando assim, pressentiu que o orgasmo vinha grande, poderoso, avassalador, como uma onda com o poder de afogar e que não dá tempo de se escapar. Apertou os lábios e começou a respirar rápido pelo nariz, diante da expressão amedrontada de Stephanie. Sentia crescer dentro de si um gozo como nunca havia experimentado. Queria comemorá-lo, queria fazê-lo explodir, queria libertá-lo.

– Aperta, vagabunda!

Stephanie sentiu uma dor aguda na superfície da cabeça com o puxão de cabelo que Jenifer lhe dera. Gritou. O grito de Stephanie entrou pelos ouvidos de Jenifer com o vigor de um comando. Levantou o braço e, num impulso cruel, acertou em Stephanie um tapa tão violento que virou seu rosto e a cabeça escorregou até chocar-se contra a parede. Jenifer ouviu outro grito, mais forte e mais agudo, e percebeu o sangue brotar nos lábios da prima, escorrer pelo queixo e manchar a água que o chuveiro esparramava no chão. Deixou-se tombar, em câmera lenta, sobre os seios daquele corpo paralisado pelo pânico. O ar lhe saía em golfadas de náufrago pela boca escancarada. Ainda teve ânimo para identificar nos lábios de Stephanie o sabor salgado de sangue.

127

CAPÍTULO 25

Jenifer é levada para casa por Marcos

— Imagina a cena. Eu nua dentro de um carro na garagem de um prédio, com a mão toda melada e um cara desmaiado, com o pau pra fora, no meu colo, às quatro da manhã.

— E virgem?

— Pior que sim.

Marcos começara a ressonar, quando Jenifer bateu a mão espalmada em suas costas. Ergueu-se, sonolento. Esfregou os olhos e, ao ver o pênis murcho, sorriu.

— Olha o cara!

Jenifer vestia-se com agilidade. Na mente, uma mistura de pensamentos. Estava frustrada por não haver consumado com Marcos o fim daquela virgindade que a distanciava das outras meninas. Preservava, no entanto, a certeza de que não deveria mesmo ter sido com Marcos a sua primeira vez. Teria feito falta alguma solenidade, algum significado maior do que simplesmente romper o hímen. Não estava segura de que Marcos alcançaria esse significado a ponto de dividi-lo com ela. Era um cara bacana, tinha sido delicado, mas

CAPÍTULO 25 – *Jenifer é levada para casa por Marcos*

até aí e ponto. Parecia bem distante do mundo repleto de possibilidades em que vivia imersa. Enfim, considerou que foi uma noite, no mínimo, divertida, cheia de lances imprevistos, de aventuras, mas sem nenhum trauma.

– Você não que dormir aqui?

– Tá louco? A minha mãe deve estar apavorada!

– Jenifer... inacreditável! Você continua virgem.

– E daí? Qual é o problema?

– Pra mim, nenhum, não sei se pra você.

Jenifer permaneceu em silêncio, enquanto Marcos dirigia sob uma neblina densa. Jenifer nunca andara na rua tão tarde, nem a vira tão deserta. Com o olhar perdido nas luzes dos postes, amortecidas pelo nevoeiro, pensava em que tipo de laço acabara de estabelecer com Marcos. Eram namorados? E, sendo namorados, iam se ligar todos os dias? Iam sair juntos nos fins de semana? Ele a visitaria em casa? Apresentaria a ela os seus pais? Verdade é que não sentia nenhuma vontade de que isso ocorresse. Marcos estacionou o carro em frente à casa de Jenifer. Chamou a atenção dela a luz da sala acesa.

– Nossa, a minha mãe tá acordada!

– Quer que eu desça com você?

Jenifer abriu a porta do carro e a deixou aberta, enquanto aproximava-se do portão.

– Não precisa, espera só um pouquinho.

Ao descobrir, atrás das cortinas, a silhueta sentada em frente ao computador e acompanhar seu movimento de retirar o cachimbo da boca, sentiu um arrepio atravessar o corpo e foi inundada por uma alegria incontida.

– Jenifer, tudo bem?

– Tudo bem, Marcos, obrigada, tchau.

Falou, quase gritando para uma hora dessas, enquanto empurrava o portão e, atrapalhada, buscava a chave na bolsa e, depois, tentava o mais rápido possível, abrir a porta. O aroma do fumo a reportou à infância. Entrou na sala sem fazer ruído e parou, observando o homem que se debruçava sobre as teclas, o suspensório cruzado sobre a camisa azul, o cabelo grisalho, encaracolado.

129

– Papai!

O homem ficou estático por um instante, talvez incerto sobre se ouvira mesmo ser chamado naquela hora da madrugada. Voltou-se e, ao ver Jenifer, sorriu e abriu os braços.

– Jenifer!

Ela, com os pelos dos braços eriçados, andou em direção ao pai, que se manteve sentado. Ele a recebeu no colo e beijou a sua testa. Jenifer não compreendia como podia caber no colo dele.

– Como você cresceu, Jenifer! Por onde você andava?

Havia tanta ternura em sua voz que Jenifer temeu fazer qualquer movimento, intuindo que aquele momento era tão frágil, tão delicado, tão etéreo, que se desfaria por nada.

– Papai, que saudade!

A voz saía com dificuldade. Mas não queria chorar. Queria lhe contar tudo, e era tanta coisa que ele precisava saber, mas as palavras não saíam. Estendeu o braço, buscando o rosto do pai com a mão, tentando acariciá-lo, mas não o alcançou; foi invadida por uma onda de pânico, os pelos voltaram a se eriçar, agora com mais força, quando pressentiu que jamais poderia tocar aquele rosto outra vez, que havia uma distância instransponível entre eles.

– Jenifer!

No meio da escada, a mãe, vestindo uma camisola que se estendia até o meio da canela, parecia um fantasma. Jenifer a encarou sem se mover da cadeira em frente ao computador. A mãe aproximou-se. Quando tocou seu ombro, Jenifer soltou um grito.

– Jenifer, filha!

Com os olhos arregalados e as mandíbulas tensionadas, a ponto de doerem, encarou a mãe e descobriu um par de olhos inchados e úmidos, sublinhados por profundas olheiras.

– Jenifer... o papai morreu.

CAPÍTULO 26
Jenifer recebe Paulinha grávida

Jenifer estava concentrada na leitura de um livro da escola, quando a campainha tocou. Passava das nove da noite e ela estava só. As ausências da mãe se tornaram mais frequentes, mesmo que Jenifer tivesse certeza de que ela estava bem ali, na casa vizinha. Desceu as escadas e atendeu ao interfone. Era Paulinha. Com o coração batendo forte, correu ao portão. Ainda ouviu o ruído do motor do táxi, partindo.

– Jê!

– Paulinha!

Ficaram abraçadas por algum tempo, protegidas pela densa penumbra do jardim, os olhos fechados e apertados. Jenifer experimentava uma ternura imensa, ao ter o corpo de Paulinha entre seus braços. Era como se estivesse resgatando alguma coisa valiosa que haviam tentado roubar-lhe. Os seios de Paulinha apertando os seus, as cinturas unidas, as pernas se tocando, o ventre de Paulinha que, pressentira antes que ela lhe contasse, trazia um filho; o queixo da amiga pousado em seu ombro, os cabelos dela em suas mãos, tudo contribuía para uma certeza que alimentava havia muito tempo: amava essa menina com todas as suas forças. Jenifer afastou Paulinha, pegou a mochila de sua mão e, abraçada à sua cintura, a levou para dentro de casa. Enquanto fechava a porta, observou o corpo da amiga dentro do *jeans*. Estava mais encorpada, mas não perdera o encanto que tanto a perturbara, a ponto de ter ido, certa madrugada, sonâmbula, deitar-se ao seu lado. Paulinha deixou-se cair numa poltrona. A única luz vinha do abajur e dava ao ambiente um clima aconchegante e romântico. Jenifer aproximou-se, afetuosa, e segurou a mão de Paulinha.

— O que você quer beber, Paulinha?

— Me dá uma coisa forte, Jê.

Jenifer foi ao bar. Não entendia nada a respeito daquelas garrafas. Conseguiu, no entanto, identificar o uísque de que o pai costumava servir-se, de vez em quando. Despejou um pouco no cálice de vinho que estava à mão e serviu a amiga, que o segurou fazendo uma careta.

— Uísque em taça de vinho?

— Não pode?

Paulinha deu de ombros, levou o cálice aos lábios e bebeu tudo de uma vez. Sacudiu o corpo inteiro, num estremecimento, e respirou fundo. Devolveu o cálice para a amiga.

— Bem como eu tava precisando... *cowboy*.

Jenifer se pôs de joelhos em frente a ela. Balançou a cabeça, falsamente contrariada, como que diante de uma criança travessa. Largou a taça, segurou as mãos de Paulinha e a puxou, fazendo com que ela escorregasse da poltrona até o chão.

— Paulinha...

— Oi, Jê.

Paulinha tinha mudado. A expressão que, passada a adolescência, vinha despertando a essência de uma mulher segura, deu lugar para um rosto cujos traços revelavam agora uma indisfarçável melancolia. Jenifer sentiu o baque daquela percepção e deitou-se sobre o tapete, mantendo o olhar fixo nela. Paulinha, suspeitando dessa impressão, havia virado o rosto para outro lado, angustiada.

— Sabe onde a minha mãe tá agora, Paulinha?

Paulinha voltou-se, curiosa.

— Não sei.

— Tá transando com o Rei.

CAPÍTULO 26 – *Jenifer recebe Paulinha grávida*

Paulinha fez uma careta e apertou os braços. Jenifer ergueu-se rapidamente e a abraçou. Paulinha a repeliu. Jenifer insistiu até sentir com as mãos espalmadas nas costas da amiga, o balanço forte e irregular dos soluços silenciosos. Apertou-a mais a ponto de sentir que pressionava demasiadamente suas costelas. Deixou a cabeça tombar até seus lábios ficarem juntos da orelha da amiga.

– Mas você tá comigo.

O balanço do queixo de Paulinha sobre seu ombro concordava.

A calmaria, no entanto, durou pouco. De repente, o corpo de Paulinha voltava a ter espasmos sob suas mãos e uma voz amarga, entrecortada por soluços, soou queixosa.

– Eu não acredito, Jê...

– Esquece esse cara, Paulinha!

Paulinha afastou o rosto e Jenifer pôde, então, testemunhar toda a expressão daquela dor. Os olhos vermelhos, as faces molhadas, os lábios trêmulos, com marcas esbranquiçadas de saliva, os vincos que, enfim, já demarcavam aquele rosto de alguém, pouco mais do que uma menina, igual a ela. Começou a beijá-la sobre os olhos, sentindo a umidade salgada das lágrimas.

– Esse cara não merece você, Paulinha.

Paulinha deixara o rosto cair entre as mãos e, outra vez, soluçava um choro ainda mais sentido, ainda mais desesperado, emitindo gemidos longos. Jenifer voltou a trazer a cabeça da amiga para junto do peito. Sentia as lágrimas atravessarem o tecido da blusa e molharem seus seios. Experimentou um ódio profundo por aquele homem. Perguntou-se por que tinha contado assim, tão diretamente, o caso da mãe com ele para uma Paulinha frágil como estava. E descobriu que foi de propósito, porque queria mesmo matar aquele amor à queima-roupa. Agora, que aguentasse o pranto da viúva! Experimentava um certo desprezo por Paulinha por ter deixado se envolver, tão facilmente, por um cafajeste como Rei. Por tê-lo deixado submetê-la a seus instintos, como ela mesmo viu. Como podia ser assim, tão vulnerável? Lembrou-se de Stephanie e ocorreu-lhe que ela, pelo menos, sabia o que queria, tirava proveito de seus relacionamentos com os homens que buscavam

133

STALIMIR VIEIRA

desfrutar da sua juventude. Mas Paulinha, não. Paulinha havia se envolvido com aquele canalha, levada apenas por sua ingenuidade. Estava apaixonada e esperava um filho dele. Atormentava Jenifer também, naquele momento, uma certa frustração por, quem sabe, ter sido preterida. A partir da primeira noite em que passaram juntas, carregava uma ideia de posse com relação à amiga. Aceitava até o envolvimento dela com Rei como uma travessura, acreditando que, passada a curiosidade adolescente, voltaria para ela. E agora Paulinha estava ali, diante dela, grávida, como se fosse uma vingança dele. Em vez de a deprimir, no entanto, esse pensamento lhe trouxe uma força renovada. Sim, talvez isso tudo não fosse tão grave, concluiu com um longo suspiro. Afastou a cabeça indolente de Paulinha do colo, com a intenção de convidá-la para subir ao seu quarto, quando escutou o inconfundível ruído da chave abrindo a porta da rua. Paulinha sobressaltou-se. Jenifer se pôs de pé, caminhou até a porta da sala e, com a cabeça erguida e o semblante contraído, recebeu a mãe.

— Oi, Jenifer, vai sair?

— Não, mãe!

Ao entrar na sala, a mãe fuzilou o olhar em Paulinha para, em seguida, encarar Jenifer.

— Escuta aqui, Jenifer, eu já não tinha dito a você que...

— Onde você tava, mãe?

— Jenifer, eu estou falando!

— Onde você tava, mãe?

— Cala a boca, Jenifer! Eu estou na minha casa!

— Onde você tava, mãe?

Jenifer sentia que o sangue lhe escapava todo das faces e era acometida de uma leve tontura. A mãe aproximou-se, também pálida, mas com um brilho intenso e estranho no olhar. Jenifer percebeu que ela não olhava para a filha.

— Jenifer, leva essa garota daqui agora!

— Pra onde, mãe? Pra casa do seu amante?

O tapa estalou no rosto de Jenifer com tanta força que quase a atira no chão. Paulinha fez menção de socorrê-la, mas a mãe de Jenifer avançou sobre ela com o dedo em riste.

134

CAPÍTULO 26 – *Jenifer recebe Paulinha grávida*

— Fora da minha casa, agora!

Paulinha afundou na poltrona, amparando o ventre, horrorizada. Jenifer, sentindo o rosto em chamas, mas sem derramar uma lágrima, se pôs entre Paulinha e a mãe. Encarou-a com os dentes cerrados.

— Deixa ela em paz!

— Não me fale nesse tom, Jenifer!

Jenifer percebeu que a mãe respirava com dificuldade. Deu-lhe as costas e subiu para o quarto.

— Me espera lá fora, Paulinha!

A mãe seguiu Jenifer até o pé da escada.

— Jenifer! Jenifer! O que você vai fazer?

Jenifer abriu o guarda-roupa, apanhou um casaco de moletom e vestiu. Em seguida, pegou duas camisetas, uma calça e duas calcinhas, enfiou na mochila e desceu correndo. A mãe, ao pé da escada, esfregava o pescoço, aflita.

— Jenifer, aonde você vai?

Jenifer passou como se ela não estivesse ali. Abriu a porta e percebeu o olhar apreensivo de Paulinha, que a esperava no jardim.

— Jenifer, se você passar desse portão, não volte mais!

Jenifer sentiu como que se um punhal lhe fosse lançado às costas e, disfarçando a dor, estreitou a mão de Paulinha entre as suas.

Em passos rápidos e cadenciados, ganharam a calçada.

CAPÍTULO 27

Jenifer continua ouvindo a história de Stephanie com o pai de Paulinha

Stephanie havia aberto uma garrafa de uísque, e as duas bebiam, fazendo caretas ao engolir a bebida forte. Stephanie continuava contando a Jenifer a história vivida com o pai de Paulinha. De vez em quando interrompia a narrativa para passar a língua sobre o lábio ferido.

– Jenifer, eu ainda estava deitada, me olhando no espelho do teto, quando ele saiu do banheiro só de sunga!

O pai de Paulinha veio em direção a ela com um sorriso largo. No caminho, parou e ensaiou uns passos de dança, ao som da música ambiente.

– Tá melhorzinha? Bom, já que a gente ainda não conseguiu chegar até o mar, vamos aproveitar o mar que a gente tem aqui.

Uma campainha lembrou que ele tinha feito pedidos e interrompeu sua caminhada em direção à piscina. Stephanie deteve o olhar nas pernas e nas costas daquele homem com quem, enfim, estava compartilhando um quarto de motel; e chamou sua atenção o quanto ele estava em forma, embora fosse pai de uma garota da idade dela. O pai de Paulinha voltou com a bandeja, onde balançavam, fazendo ruidinhos agudos, o balde com o champanhe e os

CAPÍTULO 27 - *Jenifer continua ouvindo a história de Stephanie com o pai de Paulinha*

cálices. Stephanie continuava deitada. Sentia-se bem, mas ainda não sabia o que fazer. Até agora ele a tratara como uma filha. E havia uma razão bem explicável para estarem ali, apesar de ser um motel. No entanto, Stephanie tinha diante de si, refletida no teto, uma mulher sensual, ainda uma garota, é verdade, mas certamente tão sensual quanto seria uma mulher dois anos mais velha que ela. O pai de Paulinha já tinha, mais ou menos, deixado essa impressão transparecer em seus comentários na primeira vez em que foram à sorveteria. Disse que chamara a atenção dele na festa. Stephanie achava impossível que não estivesse chamando a atenção dele de novo.

— Você acha que pode beber um pouquinho? Pra relaxar?

Stephanie ergueu a cabeça e as costas, recostou-se no travesseiro macio e aceitou a taça que ele lhe estendia. Em seguida, ficou pensando se não teria aceitado muito rápido, se não estaria se comportando como quando estivera com Rei, se o pai de Paulinha não passaria a vê-la como uma garota vulgar e fácil e mudaria a impressão, indignada, que ele revelara sobre o comportamento de Rei com ela. Imóvel, segurando o cálice, sentia a mente invadida por constatações a que vinha mascarando. Era evidente que se comportava como uma garota fácil e vulgar. Aceitara a bebida sem vacilar, aceitara o dinheiro para comprar roupas, docilmente, aceitara viajar com ele, sozinha, como se fosse a coisa mais natural do mundo. Sentia-se ainda mais fácil e vulgar ao admitir que tudo isso se dava por atração pelo lado bom da vida, em contraste com a vida cotidiana e medíocre vivida permanentemente na fronteira da humilhação.

— E aí, vamos dar um mergulho?

Como de costume, o pai de Paulinha pareceu espontâneo e paternal. Mas para a consciência de Stephanie aquele ambiente, ainda que potencialmente excitante e fantasioso, ganhava um sentido de absurdo, por ser um motel, lugar onde, sempre, em sua imaginação, mulheres e homens iam para transar. E que era onde ela estava sozinha com um homem casado, pai de uma menina como ela. Bebeu um gole do champanhe em busca de socorro. Deixou que o líquido frio a penetrasse, na expectativa de que funcionasse como a chave de um cofre íntimo, onde ela guardava um pouco de paz. Ouviu o estardalhaço

137

do pai de Paulinha caindo na piscina. Era um barulho de felicidade. Bebeu mais um gole grande. Com medo de ficar bêbada, mordeu o sanduíche.

– Putz, Stephanie, preciso fazer xixi!

Jenifer levantou-se com dificuldade, porque a perna ficara dormente devido à posição, e estava tonta por causa do uísque. Quase tropeçando em Stephanie, caminhou até o banheiro.

– Espera, Jenifer! Não faz xixi ainda!

Jenifer estava sentada e fez uma careta entre surpresa e divertida.

– Quê?

Stephanie entrou no banheiro, ajoelhou-se diante dela e estendeu a mão, entre as suas pernas, dentro do vaso.

– Faz xixi na minha mão!

– Stephanie!

– Faz xixi na minha mão, por favor, anda!

O olhar de Stephanie era divertido, os olhos já avermelhados por causa do uísque e o lábio inchado pelo tapa de Jenifer.

– Stephanie, eu não vou conseguir.

– Vai, sim, relaxa e faz!

Jenifer balançou a cabeça, julgando a prima maluca, e tentou relaxar. Concentrada no lábio ferido de Stephanie e inspirada por uma pontinha de maldade, afastou as pernas e deixou jorrar a urina que se esparramou pelos braços da prima.

– Ai, Jenifer, que quentinho...

Jenifer a observava com sincera curiosidade. Aquilo não a excitava. Embora exótica, não deixava de ser um tipo de brincadeira interessante. Stephanie trouxe a mão e o braço encharcados para junto do corpo e passou a esfregá-los nos seios, pela barriga até o meio das pernas, enquanto mantinha uma expressão divertida para a prima. Jenifer apanhou um pedaço de papel higiênico. Um cheiro acre pairava no ar.

– Que ideia foi essa, Stephanie? Agora você vai ter que tomar outro banho.

– Você não sabe de nada, Jenifer. O pai da Paulinha pede pra eu fazer xixi na boca dele e bebe tudo.

CAPÍTULO 27 - *Jenifer continua ouvindo a história de Stephanie com o pai de Paulinha*

Jenifer tentava destrinchar dentro da cabeça essa novidade, enquanto voltavam para a cama para que ela conhecesse o resto da história.

Stephanie terminou o sanduíche e bebeu o resto do champanhe, ouvindo as braçadas fortes do homem na piscina. Levemente inebriada, deixou-se invadir por uma euforia que aqueceu seu coração. Agarrou a mochila, buscou o saco plástico onde havia separado as tangas, retirou uma e foi para o banheiro. Abriu o zíper do *jeans* e, com alguma dificuldade, foi baixando a calça até os pés. Num movimento rápido, tirou a camiseta e viu-se, diante do espelho só com a calcinha branca, decorada com um lacinho vermelho em cima, na frente. Passeou os olhos pelas pernas roliças e fortes de um moreno temperado com cobre. Perfeita! Lembrou das pernas das colegas de escola, algumas gordinhas, outras magrinhas demais e do quanto suas pernas sempre se destacaram ante os olhos dos meninos. Movimentando levemente os quadris, começou a tirar a calcinha. Apanhou a tanga e vestiu. Tinha a cintura alta e era bem cavada nas pernas. Ao virar-se de costas para o espelho, surpreendeu-se com a nudez da bunda. O fiozinho preto entremeava-se entre as pernas e desaparecia. Voltou a ficar de frente e ajeitou a parte de cima do biquíni.

— Tudo bem, Stephanie?

A voz do lado de fora do banheiro era amigável, com um tom de delicada preocupação.

— Tudo.

— A água tá ótima, quentinha.

Ouviu o ruído agudo da boca da garrafa de champanhe se chocando com a taça. Sentiu vontade de beber mais. Soltou os cabelos. Estava pronta. Parou diante da porta fechada.

— Putz, Jenifer, de repente me deu um frio na barriga!

— Meu, você tava quase pelada!

— E o cara lá, né, esperando.

— E aí, aconteceu uma coisa incrível.

— O quê?

Ao sair do banheiro e entrar no quarto, Stephanie percebeu que seu cálice estava cheio outra vez. Experimentou o receio de que ele estivesse

139

querendo embebedá-la. Mas, num enfrentamento determinado com esse receio e com todos os outros que teve na vida, bebeu o champanhe todo de uma vez. Com o rosto em fogo, saiu do quarto e se postou à beira da piscina que fumegava, entre luzes coloridas. O pai de Paulinha retirou a cabeça da água, esfregou os olhos e, ao vê-la, o corpo inteiro exposto, não manifestou nenhuma reação especial.

– Tá uma delícia, pula!

É o que teria dito para Paulinha, sua filha, certamente. Foi o que Stephanie supôs, um milésimo de segundo antes de mergulhar e, em seguida, deslizar o corpo, como um peixe, no sentido do homem, excitada pelo que, em tese, pensava que deveria evitar. Se era como uma filha, confiava que podia fazê-lo, sem receio de parecer uma garota fácil e vulgar. Se ele não agia com malícia, era ela, então, quem poderia fantasiar, sem medo, uma relação íntima com ele, sem o risco de que abusasse dela. Ao emergir, estava junto do corpo do pai de Paulinha. Seus seios tocavam o tórax forte dele. Os rostos molhados, as bocas molhadas, os cílios molhados, a umidade refletindo a luz esverdeada que vinha do fundo da piscina, aprisionavam-na a uma circunstância em que, ocorresse o que ocorresse, fosse qual fosse a intenção, o contato físico era inevitável, como uma filha nos braços do pai, como uma fêmea nos braços do amante, era impossível recuar. Suas bocas uniram-se como se ambos houvessem assimilado toda a evidência de que não haveria nada mais natural a fazer. Surpreendida pelo desfecho tão simples e óbvio, deixou-se ficar nesse beijo. Estava confortável, relaxada pelo champanhe, acariciada pela calidez daquela água, longe de tudo o que a assustava.

CAPÍTULO 28
Jenifer volta ao shopping com Stephanie

— Sabe que horas são, Jenifer?

— Não.

— Quatro e meia, e a gente não comeu nada. Você não tá com fome?

— Mais ou menos, tô meio tonta.

— Claro, né? Eu também. Só bebendo, sem comer. Vamos pro *shopping*.

— Ih, Stephanie, eu tenho que ir pra casa, não tenho roupa pra trocar.

— Tudo bem, eu te empresto.

Já não havia sol sobre a cama fazia muito tempo. As duas usavam apenas calcinhas e conversam deitadas de bruços. Stephanie levantou e abriu o guarda-roupa. Jenifer surpreendeu-se com o colorido das roupas enfileiradas. Parecia uma loja. Sentou-se, levada pela curiosidade.

— Meu, quanta roupa!

— Pode escolher.

— Ah, Stephanie, as roupas são suas, escolhe você.

Stephanie ficou olhando Jenifer de cima a baixo por alguns segundos. Em seguida, afastou os cabides e trouxe uma minissaia de couro.

— Ah, não, Stephanie!

— Experimenta, Jenifer, vai.

141

Jenifer pegou a minissaia, vestiu e percebeu que ficava com mais da metade das coxas de fora. Olhou-se no espelho.

– Stephanie, tô parecendo...

– O quê?

– Acho que não combina comigo.

– E o que combina com você, uma jardineirinha cor-de-rosa?

Jenifer sentou-se na cama, muito séria. Stephanie lhe tocou numa ferida. Não aguentava mais esses altos e baixos da própria personalidade. Ora, era uma mulher perversa, segura de si, dominadora, para, um minuto depois, virar uma menininha amedrontada, sem coragem até para vestir uma minissaia. Lembrou-se da experiência horrível da sua tentativa de expor o corpo no aniversário de Paulinha, a ponto de chegar à festa e pedir emprestada uma roupa da amiga. Olhou para a prima, esboçando um sorriso meio melancólico, mas simpático.

– Tá bom, e o que mais eu visto?

– Essa camiseta branca e em cima essa jaquetinha curta, de couro também.

Jenifer obedeceu à prima e, à medida que vestia as roupas, se transformava numa mulher muito sensual.

– Tô parecendo uma motoqueira. E você, vai vestir o quê?

Stephanie havia retirado do guarda-roupa um shortinho *jeans*, desfiado. Quando a prima se pôs a seu lado, diante do espelho, não pôde evitar a comparação entre os pares de pernas. Stephanie confirmava a menina de pernas fortes, roliças e bronzeadas que descrevera, ao narrar o momento em que vestia a tanga no motel. Ela, por sua vez, tinha pernas de contornos mais delicados, uma pele alva, mas o corpo também era de uma mulher completamente formada. Tinham a mesma altura, mas os seios de Stephanie eram um pouco maiores, mais agressivos. Jenifer atribuiu essa percepção às experiências com eles que Stephanie permitia aos homens.

– A gente dá uma bela dupla, hein Jenifer?

Stephanie fez o comentário, pegou no braço de Jenifer, simulou uma dança em que chocavam as cinturas e logo foi acompanhada no movimento pela prima.

CAPÍTULO 28 – *Jenifer volta ao shopping com Stephanie*

Saíram do elevador, atravessaram o *hall* elegante do prédio e chegaram à rua. O *shopping* ficava a dois quarteirões. Ao caminharem no sentido contrário dos automóveis, ouviram algumas buzinadas e, ao olharem na direção de onde elas vinham, davam de cara com homens jogando beijos ou sinalizando para que se aproximassem.

Entraram no *shopping* e sentaram-se a uma mesa externa de um restaurante. O garçom trouxe os cardápios. Era um rapaz bonito, moreno, de olhos verdes que encarou, sem disfarçar, as pernas de Jenifer. Stephanie chutou o pé da prima por baixo da mesa. Sem graça, Jenifer olhou para o outro lado.

– Você é foda!

– Jenifer, você viu? Que gato!

O garçom voltou e, antes de perguntar o que iam pedir, entregou a Jenifer um pedaço de papel.

– Aquele cara que te mandou.

Sem mesmo ter lido o papel, Jenifer levantou o olhar e percebeu, a quatro mesas de distância, um rapaz negro e um sorriso que revelava os dentes mais lindos que ela já tinha visto. O nariz afilado, os lábios grossos e sensuais, e um queixo másculo e quadrado, davam-lhe uma aparência poderosa, sem perder a simpatia que o sorriso transmitia. Era puro carisma. Vestia uma camisa branca de mangas compridas e dois bolsos grandes. Com o cotovelo sobre a mesa, apoiava o queixo na mão fechada. Ao encontrar o olhar de Jenifer, acenou discretamente. Stephanie tinha voltado, sem nenhuma discrição, o rosto na direção dele; e, ao encarar Jenifer, estava com a boca aberta e as mãos sobre os seios.

– Jenifer, esse cara é modelo... esse cara é modelo!

Sem corresponder ao aceno, Jenifer deitou os olhos sobre o bilhete e leu: "eu nunca venho aqui, mas já percebi que hoje eu tinha que vir".

– Jenifer, cha-ma es-se ca-ra a-qui!

Stephanie, não se contendo, tomou o papel das mãos de Jenifer, leu e quase ficou histérica. Agitava as pernas, jogava os cabelos e voltava-se, descaradamente, em direção ao rapaz.

– Stephanie, quer parar?

143

Jenifer estava perturbada. Nunca havia sido abordada desse jeito. Não tinha coragem de olhar para ele de novo. Ao mesmo tempo, tinha certeza da exposição das suas pernas sob a mesa. O garçom voltou com os hambúrgueres.

– O rapaz quer saber se pode sentar com vocês.

– Claro, né, Jenifer?

– Stephanie!

– Moço, fala pra ele que pode.

Stephanie respondeu ao garçom e retirou a bolsa de cima da terceira cadeira que havia na mesa. Jenifer notou o rapaz levantar-se logo depois que o garçom lhe falou ao ouvido. Então, pôde ver um homem de cerca de um metro e noventa, com mais ou menos noventa quilos, com um par de pernas fortes e longas, ajustadas dentro de um *jeans* desbotado vir em sua direção.

– Oi, eu sou o Lucas, tudo bem?

Jenifer sorriu. Lucas tinha uma expressão agradavelmente inocente. Em seguida, ele voltou-se para Stephanie, e Jenifer teve a impressão de que os peitos da prima queriam saltar de dentro da blusa.

– Eu sou a Stephanie e ela é a Jenifer, minha prima.

– Legal. Não tô atrapalhando, né?

Lucas falou olhando para Jenifer, mas foi Stephanie quem respondeu.

– Imagina, Lucas! O que você faz?

– Eu sou modelo.

– Putz, não falei, Jenifer?

Jenifer começava a ficar desconfortável com o comportamento oferecido da prima. Afinal, o rapaz mandara o bilhete para ela.

– Você tava a fim do cara?

– Não sei... a Stephanie nem me deu tempo de saber e já se atirou em cima dele.

– E você achou que ia perder pra ela?

– Sim.

– Porque ela era melhor que você?

– Não, porque ela era mais galinha.

CAPÍTULO 28 - *Jenifer volta ao shopping com Stephanie*

Na primeira brecha do diálogo entre Stephanie e Lucas, Jenifer releu o bilhete em voz alta. Os dois voltaram-se para ela.

– Você gostou? – perguntou Lucas.

– Amei – respondeu Jenifer, sem levantar os olhos.

Jenifer não acreditava na coragem que estava demonstrando. Só mesmo motivada pelo desafio que a prima lhe impunha poderia ter saído, assim, se declarando para um desconhecido. Lucas parecia hipnotizado. Jenifer voltou a baixar os olhos sobre o papel, enquanto o manuseava.

– Você é muito bonita, Jenifer.

A voz dele era extremamente doce. Stephanie levantou e apanhou a bolsa, surpreendendo os dois. Sem perder a naturalidade, piscou para Lucas, aproximou-se de Stephanie e lhe falou ao ouvido, enquanto, disfarçadamente, deixava no colo dela a chave do apartamento e dinheiro para pagar a conta.

– Eu volto às oito.

Em seguida, ofereceu a mão a Lucas, que levantou-se para cumprimentá-la.

– Então tá, Lucas, eu tenho que comprar uns negócios. Muito prazer, a gente se vê.

Jenifer estava dividida entre a gratidão com o gesto da prima e a insegurança de ficar ali, sozinha com aquele rapaz, a quem acabara de conhecer. Por ser a "galinha" que era, Stephanie tinha muito mais domínio de uma situação como aquela e, apesar de tudo, de certo modo, a protegia. Aproveitou que Lucas dava atenção à prima para guardar a chave e o dinheiro na bolsa.

– Eu estava completamente sem jeito.

– Por quê?

– Não sei, comecei a achar que o cara ia pensar que a gente era duas putas caçando.

Assim que Stephanie se afastou, Jenifer pediu licença e foi ao banheiro. Precisava de tempo, precisava de um espelho, precisava recuperar a calma. Ao passar pelas mesas e notar os olhares para as suas pernas, lembrou do quanto a saia era curta. Entrou no banheiro e trancou a porta. Sentou-se no vaso e apoiou o rosto nas mãos. Respirou fundo. Sim, tinha dezesseis anos, faria dezessete dali a um mês e meio, era virgem, suas experiências sexuais tinham sido com mulheres, mas morria de vontade de transar com um homem; um cara maravilhoso lhe mandara um bilhete extremamente delicado e inteligente; a prima dera em cima do cara, mas ela a enfrentara e vencera; Stephanie os deixara sozinhos e tinha entregado a ela a chave do apartamento com a informação de que só voltaria à oito; ele estava lá, na mesa, esperando que ela voltasse, provavelmente tinha a expectativa de tê-la em seus braços o quanto antes, atraído pelas pernas que havia visto cruzadas sob a mesa. Mas Jenifer também já tinha ouvido falar de garotas de programa que se confundem com meninas de família, frequentando os mesmos lugares. Certamente ele também já deveria saber disso. Mas e daí? E se ela fosse uma garota de programa? Se pôs a imaginar como agiria uma garota de programa numa circunstância como aquela. Certamente, também teria aceitado a abordagem do rapaz, engataria alguma conversa superficial e, caso ele não tomasse a iniciativa, o convidaria para ir a seu apartamento. Ele aceitando, daria uma dica de que o programa não era de graça. E pronto: ele toparia ou não. Claro que sempre havia um risco em levá-lo, assim, sozinha; ele poderia usar drogas, poderia estar armado, poderia violentá-la, agredi-la, até matá-la. Ao rememorar o rosto e a expressão de Lucas, supôs que não combinavam com possibilidades tão trágicas. Do mesmo jeito que ela sentia que não combinava com uma garota de programa. Levantou-se, abriu a porta, olhou-se no espelho, lavou as mãos, reforçou o batom clarinho e discreto, ajeitou os cabelos, piscou um olho e saiu do banheiro.

– O que você vai fazer agora?

Surpreendeu-se com a própria voz. Tinha acabado de sentar e cruzar as pernas. Lucas fez uma expressão simpática, de uma leve surpresa.

– Eu? Nada.

– Então, por que a gente não vai pro meu apartamento?

Lucas ensaiou uma careta, entre divertida e chocada. Seus olhos perderam a docilidade e ganharam um leve brilho maldoso.

– Tudo bem.

CAPÍTULO 28 – *Jenifer volta ao shopping com Stephanie*

Jenifer chamou o garçom e pediu a conta. Percebeu que Lucas não parava de encará-la, com um ar de curiosidade.

– Você deve estar achando que eu sou uma puta, né?

O rapaz deu um pinote com a cabeça.

– De jeito nenhum!

– Tá, sim, mas eu não sou, viu?

O garçom trouxe a conta. Lucas quis pagar, mas Jenifer antecipou-se. Ao levantar-se, percebeu que Lucas retomara a doçura do olhar.

– De que planeta você veio, Jenifer?

CAPÍTULO 29

Jenifer fica na rua com Paulinha

Ao chegar diante do orelhão, Jenifer vasculhou a mochila até encontrar o cartão telefônico. A seu lado, Paulinha parecia um bichinho assustado. Mantinha os braços cruzados, apertados contra o corpo curvado para a frente.

— O que é que a gente vai fazer, Jenifer?

— Para aí, Paulinha! Alô? Stephanie? Tudo bem? Sabe o que é? Eu tô com a Paulinha, na rua... Ah, meu, quebrei o pau com a minha mãe e saí de casa, um monte de coisa, depois eu te conto. É o seguinte: eu queria ir com ela essa noite aí pro teu apartamento, amanhã a gente dá outro jeito.

— *Você não sabe.*

— *O quê?*

— *Eu queria morrer naquela hora.*

— *O que foi?*

— *Sabe o que a Stephanie me respondeu?*

— *O quê?*

— *Você tá louca? O pai da Paulinha tá aqui comigo!*

CAPÍTULO 29 - *Jenifer fica na rua com Paulinha*

Jenifer fez uma expressão de abatimento. Apertou os olhos com força. Sentia-se enredada numa cilada do destino, desafiada às suas últimas forças. Deitou o olhar em Paulinha, que a encarava com uma atenção infantil, como uma criança que depende das expressões da mãe para se sentir mais ou menos segura. Jenifer procurou demonstrar a maior tranquilidade possível.

– Tá ok, Stephanie, deixa pra lá, a gente dá um jeito... hotel? Com que grana? Não, não, deixa, tudo bem, depois te ligo, tchau. Ligo, sim, tchau.

Jenifer desligou o telefone e ficou encarando Paulinha. Mas seu pensamento estava muito distante dali. Mordia o lábio, pensativa.

– Ô, Jê, eu fico na casa do Rei e você volta pra sua casa, é melhor.

– Fica quieta!

A rudeza com que Jenifer reagiu foi muito mais por causa da interrupção de seu raciocínio do que pela proposta da amiga. Em seguida, carinhosa, passou a mão pelos cabelos de Paulinha.

– Paulinha, vou fazer uma coisa que nunca pensei em fazer, que posso me arrepender se fizer, mas eu vou fazer. Não tem outro jeito. Foda-se!

Com expressão austera, começou a discar um número que tirou da carteira. Paulinha a olhava apreensiva. Jenifer impacientava-se com a demora em ser atendida.

– Alô? Quem, Lilian? Você não me conhece, eu sou amiga do Lucas, precisava falar com ele, ele está? Certo, obrigada.

Jenifer, com o coração golpeando a garganta, esticou o braço e segurou forte a mão de Paulinha.

– *Você acredita? Atendeu uma mulher e eu continuei falando.*

– *Imagino o rolo. Ele atendeu?*

– *Sim.*

– *E aí?*

– *Aí, eu comecei a falar qualquer coisa, meio automática.*

– *E ele?*

– *Disse que tava superfeliz de eu estar ligando, que esperou por isso a semana inteira... Nossa, foi me dando um alívio.*

149

Jenifer sentia o suor escorrendo pelo corpo, apesar do frescor da noite. Sonhava com o momento em que tiraria aquela roupa e entraria debaixo de um chuveiro quente.

— Lucas, é o seguinte: eu preciso da sua ajuda. Posso dormir na sua casa hoje com uma amiga? Depois eu te explico, explico pra sua namorada. Não? Mas quem atendeu foi... Ah, é? Não te atrapalho? Puxa, Lucas, você não sabe como eu... Não, não, não precisa, a gente vai pegar um táxi. Só me dá o endereço direito... Obrigada. A gente tá indo, então. Beijo.

Jenifer desligou e, sem retirar a mão do fone, começou a chorar com a testa apoiada no braço. Tinha a sensação de ter escalado uma montanha cheia de escarpas. O corpo inteiro doía. Paulinha a trouxe para si, e o contato do corpo da amiga, do seu ventre, passou-lhe um calor estranho, como que uma mensagem física que explicava o porquê de ela estar fazendo tudo aquilo. Afastou o rosto do ombro de Paulinha e, pegando em seus braços, encarou a amiga com um sorriso de alívio.

— Deu certo, Paulinha. Estamos salvos, os três.

— Quem é esse cara, Jê?

— Ah, Paulinha, é uma longa história!

Sentia-se bem, sentia-se poderosa como uma rainha. Então, era esse o mundo que tanto a apavorava? Essa noite, sem casa, sem pai nem mãe? Esse friozinho que arrepiava o corpo, essa fomezinha que começava a roncar na barriga? Esse dinheiro contado pro táxi e nenhum mais? Essa falta de perspectiva para o amanhã? Quer saber? Pode vir!

— De repente, me deu uma felicidade.

— Como era isso?

— Eu tinha vontade de rir, de gritar, de correr, era uma agonia. Eu sentia os músculos tremendo, mas não era de medo, era uma energia correndo pelo meu corpo inteiro.

— Adrenalina?

— Sim.

— Tava sem medo de nada.

— Total.

CAPÍTULO 29 - *Jenifer fica na rua com Paulinha*

– *O que passava pela sua cabeça?*

– *Ah, que eu era um bicho tomando conta dos filhotes no meio da noite cheia de perigos.*

Jenifer pegou a mão de Paulinha e começou a andar, lentamente, absolutamente serena, como se toda a urgência tivesse passado. Seus sentidos, aguçadíssimos, intuía, lhe davam superpoderes: faziam com que enxergasse na escuridão, farejasse diferentes cheiros trazidos pela brisa, ouvisse os mínimos ruídos, sentisse na pele não apenas a temperatura daquele instante, mas o prenúncio da madrugada fria.

– Ah, Paulinha, Paulinha, amiga...

Caminhava pela rua deserta. Não havia a menor chance de passar um táxi por ali àquela hora. Tinha bem uns cinco quarteirões a percorrer até a avenida. Mas ela estava gostando de ter que andar, enquanto desfrutava aquela sensação de dever cumprido. Lá, no seu âmago, pressentia que não estava só, não estava apenas com Paulinha ao seu lado. Alguém passara o braço sobre seus ombros e caminhava, em silêncio, repetindo a brincadeira que faziam, quando ela era criança, de acertar o passinho dela com o dele.

– Jê, você não vai me contar quem é esse cara?

– Vou. Mas só depois.

– Depois do que, Jê?

– Depois que a gente estiver deitadas, no quentinho.

– E a gente vai?

– Com certeza.

151

CAPÍTULO 30

Jenifer leva Lucas para o apartamento de Stephanie

Lucas não estava à vontade. Jenifer percebeu, ao vê-lo entrar e, prontamente, sentar-se no sofá, cruzar as pernas e os braços, como que se protegendo. Era como se a desenvoltura demonstrada por ela tenha superado a dele, em abordá-la no *shopping*. Além do fato de, sendo pouco mais que uma adolescente, dispor de seu próprio apartamento. Parece que tudo isso criara uma situação para a qual Lucas não estava preparado.

— *Pô, um homão daqueles ali na minha frente, só me olhando, sem fazer nada.*

— *O cara travou?*

— *Total.*

— *E você?*

— *No começo, fiquei meio decepcionada.*

— *Por quê? Você queria que ele chegasse já te agarrando?*

— *Não, mas podia, pelo menos, tentar continuar me seduzindo, sei lá.*

Jenifer foi à cozinha pegar um refrigerante. O comportamento de Lucas, se por um lado frustrava a sua expectativa de, pelo menos, viver o início de

CAPÍTULO 30 – *Jenifer leva Lucas para o apartamento de Stephanie*

um romance com um cara interessante, por outro despertava nela uma certa perversidade. Enquanto servia os copos, começou a supor que vivia uma situação inversa da que enfrentara até hoje com os homens, sempre na condição de objeto do desejo pela sua inocência. Lucas, parecia, só tinha tamanho. Sim, e sensibilidade para escrever um bilhete tão preciso, no sentido de tocá-la. Mas era só, pelo menos até agora. Tudo indicava que, assim como ocorreu no encontro frustrado com Marcos, ela era a dona de uma situação que envolvia um homem, mais uma vez. Por isso, tinha mudado de ideia sobre a decisão que tomara no caminho: trocar de roupa, vestir alguma coisa mais discreta, em vez daquela saia curta, que expunha tanto suas pernas. Ao voltar para a sala, viu que Lucas continuava na mesma posição, com o olhar perdido na janela.

Ao alcançar um copo para ele, seus olhos percorreram aquelas pernas, cuja musculatura era realçada pelo *jeans* apertado e uma onda de sensualidade acariciou sua pele num arrepio suave, agitando o corpo inteiro. Jenifer percebeu, também, que enquanto esticava o braço para pegar o copo, Lucas mantinha a outra mão entre as pernas, não para insinuar-se como fizera Rei na ocasião em que ela fora buscar a bola no terreno dele, ou mesmo para exibir-se, como fizera Marcos no carro, mas, parecia, buscava esconder o volume do pênis dos olhos dela.

— *Me deu uma vontade de rir.*

— *Por quê?*

— *Porque eu me lembrei de uma coisa da minha infância.*

— *Do quê?*

— *De uma coisa que eu vi, quando tinha uns oito anos. Eu tava na casa do meu avô e tava um menino lá, nem lembro quem era, devia ter a minha idade. E eu lembro do meu avô colocar a mão no meio das pernas dele e falar: cadê o pingolim? Nunca esqueci.*

— *Você lembrou disso na hora?*

— *Lembrei, mas tive que segurar o riso porque me deu vontade de fazer a mesma coisa com o Lucas. Tocar no pau dele e perguntar: cadê o pingolim? Acho que ele morria.*

Jenifer teve que largar seu refrigerante na mesa de centro e se refugiar no banheiro para disfarçar a crise de riso que a tinha acometido. Suava. Sabia que, pensando bem, era uma mistura de diversão com nervosismo. Tudo ali para ela era novidade. Quando voltou à sala, Lucas havia ficado de pé, junto à janela. Pressentiu que ele, talvez, estivesse com a ideia de ir embora. Queria fazer alguma coisa para que não fosse.

— A sua amiga mora aqui com você?

— Sim, é a minha prima. Mas ela só vai voltar às oito...

Lucas voltou-se. Seu olhar revelava uma confusa curiosidade. Jenifer não desviou os olhos.

— O cara era lindo, tinha uns ombros enormes.

— O que você tava com vontade de fazer?

— De me jogar em cima dele.

— E se jogou?

— Não.

— Por quê?

— Porque eu também tava gostando das coisas daquele jeito.

— Que jeito?

— Da insegurança dele, de saber que era eu quem decidia, era só querer que ele era meu.

Lucas voltou e sentou-se no mesmo lugar, na mesma posição.

Jenifer começou a procurar uma música. De repente, um pensamento fez seu coração acelerar e o rosto queimar: um diabinho lhe assoprara no ouvido e as palavras saíram, como num espirro.

— Lucas, você gosta de vídeo erótico?

Silêncio. Ao voltar-se, percebeu um certo embaraço nele, que apenas deu de ombros. Procurando demonstrar o máximo de naturalidade, Jenifer apanhou um DVD e jogou para Lucas, que o apanhou no ar.

— Que tal esse?

— Não sei, não tenho ideia.

CAPÍTULO 30 – *Jenifer leva Lucas para o apartamento de Stephanie*

Num salto, Jenifer sentou-se ao seu lado e começou a ler junto o texto da embalagem do vídeo. Sua perna estava encostada na dele e começou a arder. Roçou o bico do seio no braço de Lucas.

— *Tava acontecendo um negócio louco comigo.*

— *O quê?*

— *Eu tava a fim de abusar dele, aquilo me excitava.*

— *Como assim?*

— *Era como se eu estivesse fazendo uma maldade com a inocência dele.*

Demoraram muito mais tempo do que a leitura de um texto tão superficial e resumido exigiria. A perna de Jenifer agora estava prensada na dele, do joelho até o alto da coxa. Sentia-se encharcada. Lucas quebrou aquele silêncio tenso.

— Eles escrevem de um jeito que até parece que tem história.

— Vamos ver se tem.

Colocou o vídeo para rodar e voltou a sentar, mais distante de Lucas. O sol já tinha se posto e o apartamento ia sendo tomado pela penumbra. Mas Jenifer não acendera nenhuma luz. No vídeo, um *strip-tease*. E para sua surpresa, a mulher parecia com ela e começou o *show*, usando uma sainha de couro também como ela. Tinha o mesmo tipo de cabelo, olhos, boca e pernas de pele clara, compridas, firmes, iguaizinhas às suas. Jenifer espiava com o canto do olho o movimento da respiração no tórax de Lucas. Sabia no que ele estava pensando. A dúvida era se teria coragem de verbalizar a semelhança da atriz com ela. A noite caíra completamente. A única iluminação do ambiente vinha da tela e brincava, com suas nuances, sobre o corpo dos dois. Agora, a mulher estava só de calcinha, uma tanguinha muito cavada atrás. Com a bunda voltada para a câmera, movimentava lentamente os quadris.

— Você é muito melhor do que ela.

Jenifer parou de respirar, com os lábios afastados e os olhos fixos na tela. Foram três segundos assim, paralisada. Elaborou a informação que seus ouvidos captaram e concluiu que seria agora ou nunca que estabeleceria quem

155

STALIMIR VIEIRA

comandava aquela relação incipiente. Certamente, a penumbra encorajara Lucas. Jenifer tinha que responder à altura, sob pena de entregar o poder a ele e estragar aquela brincadeira que a vinha mantendo o seu sexo lubrificado e pulsante. Com um gesto decidido, acendeu o abajur e desligou o vídeo. Voltou-se para Lucas.

— Como é que você sabe?

— Bom, até onde eu vi...

Jenifer percebeu que Lucas continuava com as mãos no colo. Baixou os olhos com um olhar ávido, sem disfarçar a intenção de saber o que havia ali, sob elas. Ele pareceu ficar sem graça.

— Você quer que eu faça um *strip-tease*?

— Claro!

O diálogo, improvável algumas horas atrás, era sustentado por Jenifer, como se ela, definitivamente, tivesse submetido a circunstância a um padrão sobre o qual tinha total controle. Se certa noite foi capaz de sair para o jardim, despida e subir no muro para ser vista pelo vizinho e fugiu assustada quando aquilo lhe pareceu real demais, agora queria ultrapassar esse limite e ir até o fim. A resposta de Lucas fora acompanhada de um sorriso malicioso, mas ao mesmo tempo, ingênuo, de menino deslumbrado com a sua primeira vez. Ficou de pé, a um metro dele. Percebeu que Lucas se acomodara melhor no sofá, retirara a mão do meio das pernas e cruzara os braços.

— Por que você não escolhe uma música para eu dançar?

Lucas demorou um pouquinho para reagir, mas ergueu-se, foi até a prateleira dos CDs e se sentou no chão. Ao localizar um de *blues*, colocou para tocar. Em vez de voltar para o sofá, ficou por ali, sentado. A música era perfeita. Jenifer aproximou-se de Lucas e sentiu-se ainda mais senhora daquele espaço encantado que criara para si. Fechou os olhos e adivinhou o olhar dele percorrendo seu corpo. Mordendo os lábios, afastou bem as coxas. Sabia que, assim, bastaria virar de costas e se abaixar um pouquinho para que ele visse sua bunda. E foi o que fez enquanto movimentava lentamente a cintura. Agarrou a barra da saia com as duas mãos e foi trazendo para cima. Apalpou as nádegas, apertou-as com força, mantendo o movimento sensual. A música e a excitação ocupavam completamente os seus sentidos. Já não controlava os

156

CAPÍTULO 30 – *Jenifer leva Lucas para o apartamento de Stephanie*

movimentos, flutuando num mundo de fantasia. Desabotoou a saia, baixou o zíper e fez com que ela caísse a seus pés. Sem abrir os olhos, ficou de frente para o ponto onde estava Lucas. Deu um passo e estremeceu ao sentir a perna tocada por ele. Pressentiu que ele fosse levantar e o conteve.

– Fica assim, não levanta.

A voz saiu num sussurro sereno. Experimentou a pele do rosto dele, seus lábios carnudos esfregando-se em suas coxas. Empunhou a cabeça de Lucas com as duas mãos, como se fosse um troféu. Sentia-se preenchida por uma certeza ancestral.

– Lucas...

– Oi.

Ainda com os olhos fechados, o rosto em brasa, os dentes trincados e os pelos eriçados, trazia a cabeça dele para o meio das pernas.

– Tira a minha calcinha.

A frase foi quase gemida. Esperou, ansiosa, até que as mãos de Lucas envolveram suas pernas e subiram com delicadeza até a cintura. Lucas se demorava e ela não tinha certeza se ele queria provocá-la ou se estava vacilante. Então, colocando suas mãos sobre as dele, fez com que começassem a baixar a calcinha. Um arrepio a percorreu inteira, ao sentir o calor da respiração de Lucas sobre o sexo. Avançou o corpo e acomodou-se sobre sua boca, conduzindo os lábios para o clitóris.

– Tá sentindo essa coisinha? É bem aqui que eu quero que você passe a língua, que você beije, que você chupe. Vem...

Docilmente, Lucas procurava atendê-la.

– Isso, cara, assim...

Enquanto Lucas a lambia e beijava, Jenifer acariciava seus cabelos, movida por uma mistura de tesão e ternura. Ainda não tinha gozado como gostaria, mas pegando as mãos dele, fez com que se erguesse e envolvesse seus seios, esfregasse os mamilos entre os dedos.

– Eu tava me sentindo a maior professora.

– E ele nem sonhava que você era virgem.

– Nada.

157

Jenifer estava excitadíssima, ansiava por ser penetrada.

– Tira a roupa.

Lucas afastou-se e tirou a camisa. Jenifer suspirou diante daquele tórax volumoso e de linhas perfeitas. Soltava a imaginação acerca dos prazeres que aquele homem-menino, irresistível e inocente, lhe poderia proporcionar. Teve certeza de que era ele, e ninguém mais, o escolhido para ser o primeiro homem a quem se entregaria.

– A cueca, também, Lucas.

A visão era de sonho. Um par de pernas grossas, longas, musculosas, silhuetadas contra as luzes da noite que quebravam a escuridão da sala.

– Sabe o que eu pensei?

– O quê?

– Que qualquer mulher daria uma grana para ver aquilo.

– E aí?

– E aí, a surpresa.

– Qual?

– Quando ele tirou a cueca.

– O que tem?

– O pau tava mole.

– Ah!

– Juro.

Lucas virou de costas para tirar a cueca. Quando ficou completamente nu, Jenifer pensou que nunca tinha visto um dorso de homem tão lindo, nem em foto, nem em filme. Ele voltou-se escondendo o pênis. Ela avançou e afastou a mão dele da frente e viu que estava mole.

– Você não tá com tesão?

– Acho que foi tudo rápido demais.

Tocou o interfone. Uma Stephanie irritadiça lembrava que já eram quase nove horas.

CAPÍTULO 31
Jenifer tem uma surpresa com Paulinha

Jenifer e Paulinha já estavam havia um bom tempo na avenida, quando, finalmente, um táxi passou e, atendendo ao aceno delas, parou. Em seu interior, um aroma sufocante de eucalipto e um som de pagode que feria os ouvidos. Enquanto rodavam, Jenifer tinha aberto as duas janelas. Percebeu que Paulinha enjoava.

— Moço, dá pra parar um pouquinho, que a minha amiga tá passando mal?

Mal-encarado, o motorista estacionou o carro próximo de uma esquina.

— Ei, não vai vomitar no carro!

Jenifer abriu a porta e elas desceram. Recostada numa árvore, Paulinha tentava vomitar. Jenifer, com uma mão na cintura, apoiava as costas da amiga. O motor do carro foi desligado e ficou apenas a música desagradável, quebrando o silêncio da noite. O motorista aproximou-se. Era um tipo asqueroso, barrigudo, com a barba por fazer e vestindo um *jeans* largo que lhe caía quase na virilha.

— A mina tá grávida?

— Não!

159

– Bebeu?

– Não!

– Tá certo...

Paulinha não tinha vomitado, apenas era agitada por espasmos.

– Aí, vambora!

O motorista falou, entrou no carro e tornou a ligar o motor. Elas entraram em seguida. Nesse momento, de uma ruazinha perpendicular, virou, vagarosamente, para a avenida, uma viatura da polícia. Suas luzes circulares pincelavam os rostos de Jenifer e Paulinha. Estacionou atrás do táxi. O motorista desligou a música.

– Aí, vocês tão limpas, certo?

Os policiais se aproximaram do táxi e um deles parou junto à janela do motorista.

– Tudo bem?

– Tudo beleza. A menina aí que passou mal...

O outro policial, que portava uma lanterna, chegou à janela traseira. Passou o foco de luz por seus rostos, seus corpos, a mochila, a bolsa.

– Quem passou mal?

– Tava enjoada, mas já tá bem.

Paulinha tinha o corpo curvado para a frente, os ombros erguidos e a cabeça baixa. Escutaram os policiais conversando.

– Tá limpo?

– Não sei, a mina tá estranha.

Jenifer percebeu que Paulinha se encolheu ainda mais. O policial voltou à janela.

– Oi, desce aí um pouquinho pra gente dar uma averiguada.

Jenifer empurrou Paulinha para que saíssem do carro pelo lado dela. O motorista também desceu e assistia à cena, de braços cruzados, rolando um palito entre os lábios.

– Encosta aí no carro, minha filha, põe as mãos pra cima.

Jenifer custava a acreditar no que estava acontecendo. Sentiu quando as mãos do policial começaram a apalpá-la abaixo dos seios, na cintura, entre as pernas,

CAPÍTULO 31 – *Jenifer tem uma surpresa com Paulinha*

na barra da calça. Apesar de tudo, não parecia interessado em abusar da situação. Tinha sido bem rápido e objetivo. A seu lado, Paulinha era revistada pelo outro policial. Percebeu a amiga contrair-se, quando ele tocou sua barriga.

– Que é que tem aqui?

– Ela tá grávida!

Jenifer quase gritou. O motorista deu um sorriso irônico, sem soltar o palito. O policial que revistava Paulinha voltou a focar a lanterna no interior do carro.

– Tem uma mochila e uma bolsa aqui.

– A bolsa é minha!

Paulinha gritara e agora partia rápido para o interior do carro. O policial a conteve pelo braço.

– Calma, minha filha, vamos ver o que é que tem nessa bolsa.

Paulinha conseguiu desvencilhar-se, apanhar a bolsa e correr pela rua. Jenifer estava pasmada com o comportamento da amiga. Antes que corresse vinte metros, foi apanhada pelo policial e teve a bolsa arrancada das mãos. Tentou correr de novo, mas o outro policial se postara à sua frente.

– Pra quê isso, Paulinha? Para!

Paulinha chorava e se debatia, segura pelo policial, visivelmente constrangido pela cena que ela fazia.

– Olha só que bonitinho...

Jenifer sentiu que o chão lhe escapava, quando o policial retirou do interior da bolsa um papelote de cocaína.

– Que merda é essa, Paulinha?

– Não é meu, Jê, não é meu! Ele que colocou aí.

A acusação não fez nenhum sentido. O policial que encontrara a droga, havia olhado para Jenifer muito sério e balançado a cabeça, negativamente. Era evidente a razão de Paulinha ter tentado fugir.

– Vamos lá, meninas, pra delegacia!

– Ela não, ela tá limpa!

– Cala a boca, Paulinha! Você acha que eu vou deixar você sozinha?!

– Fica fora, Jê! Vai embora! Vai embora!

161

Ao entrarem no carro da polícia, Paulinha parecia em choque. O rosto estava pálido, os lábios tremiam, gotas grossas de suor lhe desciam pela testa. Jenifer abraçou a amiga. Um dos policiais falava pelo rádio. Jenifer apanhava trechos da conversa. Ouviu falar em "flagrante de porte" e em "menor". Relutava em aceitar o que acontecia. Tinha consciência de sua solidão e do seu desamparo. Intuía que, nesse caso, não poderia procurar socorro em ninguém. Tinha que sair daquilo sozinha. Alguns quarteirões adiante, a viatura entrou no pátio de uma delegacia. O pátio era escuro, mas o prédio tinha uma iluminação branca, agressiva. Saíram do carro e andaram em silêncio. Para surpresa de Jenifer, ao entrar percebeu um ambiente calmo, relativamente silencioso, limpo e organizado. Demonstrando cumprir apenas um procedimento corriqueiro, o policial forneceu alguns papéis de sua prancheta a uma recepcionista que, aparentando já esperá-los, encaminhou a todos para uma sala. Havia uma mesa com uma cadeira de um lado e três de outro. Junto à parede, um sofá preto, desbotado. Não demorou nada e entrou um senhor de cabelos brancos e ar paternal que, sem olhar para ninguém, começou a remexer a papelada.

– Quem é a...

– Ela.

– Então, leva a outra lá pra fora.

Ele parecia dócil, mas era objetivo. O policial que as acompanhava bateu levemente no ombro de Jenifer. Ela sentiu, no gesto, uma demonstração de respeito e cuidado. Levantou-se imediatamente e o acompanhou, sem olhar para Paulinha. Sentada num banco comprido de madeira, observava distraída uma planta da cidade pregada na parede, com os nomes dos bairros escritos. O policial aproximou-se com um café.

– Não precisa ficar preocupada, a tua amiga só vai responder umas perguntas. A quantidade que a gente pegou não dá tráfico, mas ela vai ter que colaborar.

Um relógio branco de ponteiros pretos marcava uma e meia. Jenifer agradeceu o café, mas não bebeu. Olhando para o relógio, que agora já marcava duas e cinco, adormeceu. Sonhava com a mãe e o pai discutindo violentamente,

CAPÍTULO 31 - *Jenifer tem uma surpresa com Paulinha*

quando despertou com um vozerio que quebrava o sossego do lugar. Afastou as pálpebras e, num primeiro momento, não entendeu bem o que viu: uma mulher loira usando um vestido vermelho que, ela logo percebeu ser uma travesti, discutia com um policial. Teve, em seguida, a atenção despertada para a porta que se abria atrás deles, da sala onde estivera. Paulinha saía, acompanhada pelo homem que a entrevistara. Tinha os olhos vermelhos e inchados. Parecia desnorteada, com um sanduíche intocado na mão.

– Vão buscar o Reinaldo Boqueiro, o tal do Rei.

A ordem do delegado mobilizou dois policiais, que saíram imediatamente para o pátio. O relógio marcava três e vinte, e a delegacia ganhava um certo alvoroço.

– Deixa as meninas na casa delas.

O policial, mais uma vez, deu uma palmadinha leve no ombro de Jenifer. Ela, prontamente, obedeceu ao comando de levantar-se e seguir em frente. Não sentia falta de voltar-se para Paulinha. No pátio, apressou o passo e alcançou o policial.

– Por favor, pode deixar, que eu pego um táxi.

– E ela?

– Leva pra casa dela.

– Então, é só sair aí na frente que tem um ponto.

Jenifer começou a andar com certa dificuldade em manter o rumo, faltava-lhe um equilíbrio completo. Ouviu passos atrás. Continuou andando.

– Jê...

Manteve o passo, sem voltar-se, mesmo ao ouvir a voz de Paulinha, um fio de voz, rouco.

– ... eu perdi. No banheiro... acho que eu perdi...

Jenifer atravessou o portão, sem sentir medo nem coragem, nem frio nem calor, nem pena nem ódio. Apenas entrou no táxi e deu o endereço de Lucas. No céu, o azul-marinho denso era penetrado por um frágil rosado. O motorista, um baixinho de óculos grossos encaixados em orelhas enormes, conduzia o carro serenamente, em silêncio. Era apenas um par de orelhas desproporcionais e um cabelo mal cortado. Sem perguntar nada, sem comentar

163

STALIMIR VIEIRA

nada, estacionou o carro diante de um prédio antigo, num bairro próximo do centro da cidade. Jenifer pagou, desceu do carro e tocou a campainha ao lado do número do apartamento. Esperou o que lhe pareceu tempo demais e tocou outra vez. Na calçada, a brisa da manhã arrastava restos de jornais.

— Quem é?

— Eu, a Jenifer.

A porta destravou com um estalido seco. Jenifer entrou e empurrou a porta de volta, assegurando-se de que estava bem fechada. Começou a subir as escadas. No segundo andar, localizou o apartamento. Ia bater, mas não precisou. Lucas, com cara de sono, despenteado e de cueca e camiseta, logo apareceu diante dela. Jenifer levou o indicador à boca. Lucas compreendeu e concordou com a cabeça. Quando Jenifer entrou, ele demonstrou uma certa indefinição sobre como deveria proceder, insinuou ficar na sala, mas ela o empurrou na direção em que imaginava ser o quarto. Lucas acendeu a luz e ela apagou. Ouviu a cama ranger sob o peso dele. Foi para o banheiro, ficou nua e entrou no *box*. Ligou o chuveiro o mais quente que pôde. Soltou os cabelos e deixou que a água a abraçasse inteira, de olhos fechados, esfregou o sabonete no corpo, no rosto.

— Foi o melhor banho da minha vida.

— Por quê?

— Porque saiu tudo.

— Tudo o quê?

— Tudo o que não queria mais em mim.

Jenifer fechou a torneira e envolveu o corpo na toalha de Lucas. Entrou no quarto e, tateando, alcançou a cama. Intuindo que ele fosse falar, silvou um pedido de silêncio, enquanto entremeava-se nas cobertas. Estendeu-se sobre o corpo dele e seus lábios encontraram-se precisamente. E nasceu um beijo longo e carinhosamente apaixonado. Jenifer sentia pressionar-lhe o clitóris a massa bruta de um pênis vigoroso, ainda aprisionado dentro da cueca. Ergueu-se, afastou as cobertas, percorrendo com as mãos toda a extensão das

164

CAPÍTULO 31 - *Jenifer tem uma surpresa com Paulinha*

pernas dele. Ao tornar a deitar-se sobre o corpo de Lucas, surpreendeu-se de que, agora liberto, o pau quase lhe alcançava o umbigo. Estava pronta. Acompanhava o ruído dos movimentos dele. Ouviu o farfalhar da embalagem plástica. Ergueu os quadris, enquanto Lucas envolvia o pênis com o preservativo. Voltou a acomodar-se e sentiu as mãos dele abraçarem sua cintura. Mãos grandes, tudo nele era grande, tão diferente das meninas, onde tudo era pequeno. Com as pernas abertas, levantou o quadril.

– Lucas... esse momento... é muito importante pra mim... É a minha primeira vez...

Sentiu-se alargar, delicadamente, por um instrumento confortável, macio, interminável, que acariciava seus sentidos como a mais sublime das palavras, como a mais gloriosa das vivências. Sacudiam-lhe o corpo todas as formas de reagir à dor desse prazer. Queria chorar, queria sorrir, queria gritar. Mas o que expressou veio num sussurro.

– Lucas... eu acho que...

– Eu também, Jenifer...

O riso veio fácil nos rostos iluminados pelo raio de sol que acabara de se infiltrar por uma fresta da persiana.